btb

In den Romanen von Teresa Präauer sind, neben den Menschen, auch immer die Tiere zugegen: die Vögel, die Fische oder der Affe. In diesem erzählerischen Essay buchstabiert sie diese Artennähe aus und schreibt, reflektiert und unterhaltsam, über die unscharfe Grenze zwischen Mensch und Tier, die in der Kunst so häufig aufgesucht wird.

TERESA PRÄAUER, geb. 1979, studierte Germanistik und bildende Kunst, veröffentliche u. a. die Romane »Johnny und Jean« und »Oh, Schimmi«, zuletzt »Das Glück ist eine Bohne: und andere Geschichten.« Zahlreiche Auszeichnungen und Preise, unter anderem den aspekte-Preis 2012 und den Erich-Fried-Preis 2017. Sie lebt in Wien.

Teresa Präauer

btb

Am offenen Fenster sitzend höre ich die Geräusche, die von draußen hereinkommen. Das Vorbeifahren der Autos, das Heulen einer Sirene, einzelne Gesprächsfetzen zwischen Passanten, die unverständlich bleiben, Pfeifen und Hundegebell, ein Rauschen, den Wind. Sogar eine Motorsäge wird angeworfen, als ginge es hier um den Wettstreit der akustischen Attraktionen. Danach ist es, für einen Moment, der gleich vorbei sein wird, still. Im Nachbarhaus beginnt ein sehr kleines Kind zu quengeln, und je länger es jammert, umso stärker verwandelt sich sein Weinen sonderbarerweise in das Singen eines Kuckucks, das die Kinderstimme bald ganz übertönt.

In einer Naturkunde von John Johnston aus dem 17. Jahrhundert, der *Historia naturalis animalium*, befindet sich ein Vogelwesen mit menschlichem Kopf. Es heißt »Harpyie« oder »Harpyia«, hat ein skeptisches, nicht unfreundliches Gesicht und trägt eine Frisur aus langen buschigen Locken, die, leicht hinters Ohr geschoben, bis zur Mitte des Körpers reichen – zur Mitte eines Vogelkörpers nämlich, dessen helles Gefieder zum Rücken hin dunkler und dichter wird. Kompakt wie ein kleines Hühnchen sitzt die Harpyie auf riesigen Krallen, die ebenso gut einem Greifvogel Halt geben könnten. Doch wer fragte nach der Einordnung einer solchen Spezies, da sie sich so selbstverständlich einreiht in das Kompendium der Vögel, Reptilien, Insekten, Schnecken, Fische, Säugetiere und so weiter, das Matthäus Merian um 1650 in seinem Verlag in Frankfurt herausgebracht und mit Kupferstichen aus der eigenen Werkstatt versehen hat? Denn mitten unter diesen Tieren befindet sich auch die Harpyie, statt der Arme und Hände hat sie Flügel und statt des Schnabels einen Mund, den üblichen Renaissancemund eines Gesichts im Halbprofil, kaum lächelnd.

Die gleiche Harpyie hockte oder thronte bereits einige Male davor in den zoologischen Schriften der Naturforscher und Mediziner. Um 1600 findet man sie bei Ulisse Aldrovandi unter den Vögeln der *Ornithologiae libri* seiner *Historia animalium* in einer beinah gleichen Darstellungsweise, nur etwas schauerlicher ob der hellen Pupillen und der leicht hervortretenden Augäpfel, und bereits hundert Jahre vor Johnston, ab dem Jahr 1551, in einem vergleichbaren Sammelwerk zwischen Wanderfalke und Haselhuhn in der *Historia animalium* des Schweizer Naturforschers Conrad Gessner. Bloß ist die Harpyie dort gröber, kein Kupferstich, sondern ein Holzschnitt, und so laufen ihre Haare und Federn in kräftigeren Strichen vom Haaransatz hinunter zur Steuerfeder. Gessner ist an die Arbeit gegangen mit dem Anspruch, alles, was bis zu jenem Zeitpunkt bekannt war an Lebewesen, vollständig zu notieren, seien es die, die er mit eigenen Augen gesehen hat, seien es solche aus der bildlichen, schriftlichen und mündlichen Überlieferung und seien es eben auch jene Fabeltiere, die in einer Aufzählung des Möglichen und Denkbaren nicht fehlen dürfen. Auf beinah tausend Tierarten ist Gessner dabei gekommen, bei Aristoteles, auf dessen gleichnamige zoologische Schriften aus dem 4. Jahrhundert v. Chr. er sich unter anderem bezieht, waren es noch halb so viele. Carl von Linné rechnet Mitte des 18. Jahrhunderts bereits mit viertausend Tier- und sechstausend Pflanzenarten. Heute wir die Anzahl der Tierarten auf beinahe zehn Millionen geschätzt, wovon etwa 1,1 Millionen zu Land und zu Wasser bis dato beschrieben sind. In der Genesis des *Alten Testaments* wird Noah aufgefordert, alle diese Lebewesen in seiner Arche zu versammeln: »Von allem, was lebt, von allen Wesen aus Fleisch, führe je zwei in die Arche, damit sie mit dir am Leben bleiben; je ein Männchen und ein Weibchen sollen es sein. Von allen Arten der Vögel, von allen Arten des Viehs, von allen Arten der Kriechtiere auf dem Erdboden sollen je zwei zu dir kommen, damit sie am Leben bleiben.« Mit Millionen an Bord müsste Noah nun vor der Sintflut fliehen und sich auf die Reise begeben. Ohne eine Möglichkeit, weite Reisen zu unternehmen, verglich Conrad Gessner griechische, lateinische und hebräische Texte. Er bekam Erfahrungsberichte, Zeichnungen und Tierhäute zugesandt, fand neue Kategorien und Ordnungen und beschrieb die Tiere hinsichtlich Vorkommen, Erscheinung, Nahrungsvorlieben, ihres Nutzens für den Menschen und ihrer Erwähnung in Kunst und Literatur. Obwohl die Harpyie für ein bloßes Fabelwesen gehalten wird, schrieb Gessner in seinem Lexikoneintrag, sei sie doch bedenkenswert aufgrund ihrer Erwähnung in Vergils *Aeneis*-Epos, wo sie als Bewohnerin der Strophaden auf jene wartet, denen die Hölle ein bleiches, hungriges Tier zur Strafe schickt. Der *Hortus sanitatis*, ein Kräuterbuch aus dem späten 15. Jahrhundert, nennt innerhalb der Vögel auch eine Harpyie, die allerdings nicht ganz jener gleicht, der wir auf der Spur sind, denn sie trägt weder langes lockiges Haar, noch ein melancholisches Lächeln auf den Lippen. Dennoch scheint sie Gessner als Vorlage bekannt gewesen zu sein, hat sie doch einen erstaunlich ähnlichen Körperbau wie seine Harpyie und ihre Nachfolger. In jenem älteren Holzschnitt hat die Harpyie, deren griechischer Name vom Rauben, Reißen und Jagen kommt, ihre Krallen in den Körper eines auf dem Boden liegenden Menschen geschlagen, der kaum größer ist als sie selbst. Ihr mönchisches Gesicht ähnelt dem Gesicht ihres Opfers, und in der deutschen Ausgabe, dem *Gart der Gesundheit*, wird diese Ähnlichkeit mit ihrem Opfer folgendermaßen illustriert: Ein Vogel mit Menschenkopf steht an einem Ufer und beugt sich zum Wasser hinunter, worin sich sein Gesicht spiegelt, das zum Gesicht des Menschen geworden ist, den dieser Vogel zuvor getötet hat.

Für den Beleg ihrer Existenz genügt der Harpyie ihr Vorkommen in der frühen Literatur, für den Wahrheitsgehalt ihrer bildlichen Darstellung hat der Kupferstecher Merian in seiner Naturkunde auf Gessner zurückgegriffen, indem er dessen Vorlage kopierte und mit fein gezeichneten Details ausstattete. Denn wer in seinem Leben noch keiner Harpyie begegnet ist, der muss sich auf die Darstellung seiner Vorgänger berufen, so wie die mittelalterlichen und frühneuzeitlichen Forscher sich darauf verlassen mussten, was über die Löwen, Elefanten oder Einhörner in früheren Berichten zu lesen und zu sehen war. Die Zeichnungen der Künstler, die sich in ihrer bildnerischen Arbeit bereits mit dem Sezieren und anatomischen Zeichnen von Tieren beschäftigt hatten, lieferten der Forschung die Grundlage. Im Vergleichen der Bilder ließe sich so eine ganze Kulturgeschichte der Wissensübermittlung und im Speziellen des Buchdrucks erzählen. Enzyklopädisches Arbeiten ist auch ein Arbeiten mit Bildvorlagen, und wie beim Stille-Post-Spiel wird im Kopiervorgang manches übernommen, manches dazuerfunden, und manches geht verloren. Entstanden sind aus dieser Form der Überlieferung nicht nur Harpyien, sondern auch Löwen, die in den Malereien und Skulpturen des Mittelalters mit ihren flachen Schnauzen eher treuherzigen Hunden ähneln, Affen, die aufrecht gehen wie Menschen, und Menschen, die dagegen wie gekrümmte Monster aussehen. Sie sind Mischwesen in einer Welt, die erforscht und neu geordnet werden will.

Albrecht Dürers Panzernashorn, ein Bild, das später von Gessner in seine Naturkunde aufgenommen und spiegelverkehrt abgedruckt wurde, entstand selbst innerhalb eines Kopiervorgangs. Dürer, der Nashörner leibhaftig noch nie gesehen hatte, arbeitete unter Verwendung der gezeichneten Vorlage jenes Nashorns, das 1515 als erstes solches Tier von Goa nach Lissabon verschifft worden war und ein Jahr später, wieder auf Reisen geschickt, bei einem Schiffsunglück ums Leben kam. Dürers *Rhinocerus* sieht ein wenig wie ein großes Reptil aus, wie ein dicker Drache mit gepanzertem Körper, mit Schuppen an den Beinen, einem echsenartigen Maul samt Horn und fellbesetzten Ohren. So fantastisch es einerseits anmutet, so nah ist es andererseits doch der ersten gezeichneten Vorlage aus Lissabon, von der angenommen wird, dass sie tatsächlich vor dem lebenden Nashorn gezeichnet worden ist und so, wohl samt Beschreibungstext, in Dürers Hände geraten war, der die zusätzlichen Erläuterungen aus dem Beschreibungstext dann zeichnerisch umsetzte und mit seinem Erfahrungswissen abglich. Bei der Übertragung interpretierte Dürer einen Schnörkel in der Originalzeichnung als gedrehtes Hörnchen im Nacken des Nashorns und war damit der Urheber einer zoologischen Erfindung, die von zahlreichen Kopisten in der Folge übernommen wurde.

Aus derselben Zeit stammt übrigens ein zweiter Hornträger wider Willen: Michelangelos Skulptur von *Moses* mit den Hörnern auf der Stirn. Aus »coronata«, gekrönt, hatte sich durch einen Lesefehler von wenigen Buchstaben »cornuta«, gehörnt, ergeben und war in der Folge zur Wirklichkeit innerhalb der Darstellungskonvention geworden, an die sich auch Michelangelo hielt. Der Irrtum, der Schaden, das Missgeschick, poetisch angewandt, kann in der künstlerischen Fiktion mitunter auch zur Wahrheit werden. Das Einhorn wiederum, das beim Erfinder der modernen wissenschaftlichen Klassifikation, Carl von Linné, als *Monoceros veterum* immerhin im Kapitel der »Paradoxa« noch bis zur fünften Auflage 1747 erwähnt wird, ist aus heutiger naturwissenschaftlicher Sicht eher der Dichtung zuzuordnen. Innerhalb der Logik der bildenden Kunst und der Literatur existiert das Einhorn wie jedes andere Fabelwesen auch, wie jeder Stern, wie jedes schwarze Quadrat – als ein bald geläufiges Zeichen innerhalb eines mehr oder weniger bekannten Bildervorrats, dessen Existenz im Bild nicht erst auf seine Entsprechung in der Welt hin überprüft werden muss. Das Einhorn fungiert als Kürzel, das kopiert wird und symbolisch für etwas einsteht, etwas bedeutet oder aber eine Leerstelle markiert. Es ist ein Wesen am Rande der Sichtbarkeit oder Evidenz, am Rande der Klassifizierbarkeit, ein hübsches Monster als Verbindungsstück zwischen beobachteter und erdachter Welt. Ein Kompositwesen aus ungleichen Elementen, die optisch dennoch leicht zusammengefügt werden können. So wie diese Menschen mit Flügeln und Krallen, Vögel mit menschlichem Gesicht, Mischwesen sind aus zwei, drei und mehreren Teilen. Es gibt eine *Augen-*

schale aus Terrakotta, etwa 520 v. Chr. entstanden, die gerade so groß ist, dass man sein Gesicht damit bedecken könnte, während man die Essensreste aus der Schale schleckte. Sie wäre dann wie eine orangefarbene Maske, deren aufgemalte rot-schwarze Augen die eigenen ersetzen würden, und die Henkel, an denen man sie seitlich hielte, wären wie Ohren oder kurze schwarze Hörner. Wenn man aufgegessen hätte, würde im Inneren der Schale eine Szene sichtbar, die Phineus aus der *Argonautensage* zeigt, dem die Harpyien das Essen stehlen, auf dass er ewig Hunger leide. Ganz selbstverständlich sitzen die Vorfahren unserer Harpyie auf den antiken griechischen Vasen, und ihre Nachfahren fliegen als »Wilddruden« bedrohlich durch Filme, in denen die Räuberkinder im Wald ihre Köpfe schützen, damit die fürchterlichen Harpyien sie nicht an den Haaren packen und hochreißen in die Lüfte. Die Harpyie aus Merians Kupferstich sieht, während wir durch die Bücher blättern, nicht uns an, sondern sie sieht in Richtung der Harpyien, die vor ihr und nach ihr gezeichnet worden sind. So lässt sie sich länger still beobachten, und als würde ihr Abbild sich erst langsam vor unseren Augen aufbauen, beginnen wir noch einmal unten, bei den viel zu groß geratenen Krallen, und sehen Bürzel, Steiß und Bauch, dann Brust, Rücken und Flügel. Und verharrte unser Blick tatsächlich auf der unteren Hälfte dieses Vogels, bliebe die Harpyie ganz Tier und würde erst bei weiterem Hinsehen, nun Haare, Lippen, Augen und Stirn, zum Menschen werden. Das Bild von unten nach oben zu lesen würde bedeuten, innerhalb eines einzigen Bildes eine Erzählung geschehen zu lassen, darin ähnlich dem Lesen von Texten, die von links nach rechts oder von rechts nach links und von oben nach unten sich erst erschließen. Es würde heißen, etwas nicht auf den ersten Blick zu erfassen, sondern die Ungleichzeitigkeit der einzelnen Teile als Vorgang mitzuvollziehen. Der Körper der Harpyie wäre wie ein »Cadavre exquis«, eine Art Bastard aus Mensch und Tier, entstanden auf einem Blatt Papier, das umgefaltet wird, um es dem nächsten Zeichner weiterzureichen, der nächsten Zeichnerin. Sie würde an einen unbekannten Körper, von dem nach dem Falten nur noch die Übergänge zu sehen wären, einen neuen Kopf zeichnen. Erst nach dem Auffalten würde am Ende die ganze Zeichnung sichtbar werden, zusammengesetzt aus unterschiedlichsten Gestalten, die dann wie blind zusammenpassten. Jede Faltung wäre damit eine Geste zum Zweck der Veränderung, jede Falte wäre eine Markierung des Übergangs. Die Harpyie beim Menschenkopf beginnend zu lesen und erst danach mit unseren Augen ihr Federkleid nachzuvollziehen, das wäre, als könnte man ihr zusehen bei einer Metamorphose, die hieße: Tier werden. Denn bei genauerem Hinsehen verändern die Dinge scheinbar ihr Aussehen, wandeln sich mit der Dauer und der Bewegung des Blicks.

Als wäre Betrachtung mit Berührung verwandt; und wenn wir unvermutet aufsähen von diesem Bild des Vogelmenschen, das einen Zustand innerhalb dieses Prozesses zeigt, und nun einen Schluck nähmen aus der Tasse, die auf dem Schreibtisch vor uns stünde, würde diese Tasse womöglich selbst von Pelz überwuchert, wie die *Pelztasse* der Künstlerin Meret Oppenheim. Pelzige Tasse, pelzige Untertasse, pelziger Löffel. Und würden wir Worte finden, die den Geschmack auf unserer nun selbst bald pelzigen Zunge beschrieben, uns zerfielen die Worte im Mund »wie modrige Pilze«, denn plötzlich wäre alles Fauna und Flora, und wir mittendrin. Und wir müssten neue Wörter finden, um sie aufzuschreiben und an diesem Projekt, das sich Literatur oder Sprache nennt, nicht zu verzweifeln wie einst Lord Chandos in seinem *Brief* von Hugo von Hofmannsthal. Der Verfasser dieses Briefes berichtet, er habe sich vorgenommen, über alles zu schreiben, alles mit jedem in Zusammenhang zu sehen, aus den Fabeln und Mythen eine geheimnisvolle Weisheit abzuleiten. »Mir erschien damals in einer Art von andauernder Trunkenheit das ganze Dasein als eine große Einheit: geistige und körperliche Welt schien mir keinen Gegensatz zu bilden, ebensowenig höfisches und tierisches Wesen, Kunst und Unkunst, Einsamkeit und Gesellschaft; in allem fühlte ich Natur ...« In die Leiber der mythischen Figuren und der Mischwesen sehne er sich wortwörtlich hinein, aus ihnen heraus wolle er sprechen. »Nosce te ipsum«, erkenne dich selbst, hätte der Titel dieser poetischen Ausführungen des jungen Chandos heißen sollen, schreibt Hofmannsthal später darüber. Doch nun, es ist der Anfang des 20. Jahrhunderts und eine Zeit der sprachskeptischen Überlegungen in der Literatur, zweifelt der Lord, und mit ihm wohl der Autor dieses Briefes, an den Wörtern und Begriffen, und er scheut sich, sie fürderhin auszusprechen: »Es gelang mir nicht mehr, sie mit dem vereinfachenden Blick der Gewohnheit zu erfassen. Es zerfiel mir alles in Teile, die Teile wieder in Teile und nichts mehr ließ sich mit einem Begriff umspannen. Die einzelnen Worte schwammen um mich; sie gerannen zu Augen, die mich anstarrten und in die ich wieder hineinstarren muß.« Im Wunsch, die Gegensätze in der Sprache aufzuheben, Kultur und Natur, Mensch und Tier und so weiter als Einheit zu denken, entzieht sich ihm plötzlich die Möglichkeit, sich im Sprechen auszudrücken. Als nicht mehr der »vereinfachende Blick der Gewohnheit« hilft, die Dinge zu benennen und zu beurteilen, beginnen die Wörter und Begriffe mit eigenen Augen zurückzublicken, und der Betrachter, so verstummt, verliert sich in ihrem Wirbel und fällt ins Leere. Nie mehr werde er, Lord Chandos, ein Buch schreiben können, es sei denn in einer Sprache, in welcher »die stummen Dinge« zu ihm sprächen. Von einer Episode berichtet er zuvor noch in seinem Brief, und zwar habe er in seinen Kellern die Ratten töten lassen, und nun sehe er die Ratten als Volk wieder vor sich im Todeskampf, wie sie, und er beschreibt es menschenähnlich, sich an den Ausgängen drängten und erkennen müssten, dass eine Flucht zwecklos sei. Eine Rattenmutter habe ihre sterbenden Jungen um sich und schicke »durch die Luft ins Unendliche hin Blicke« – auch hier blickt etwas zurück, nämlich ein Tier, trotzig das eigene Schicksal befragend, zu uns hin. Es sei keinesfalls Mitleid, was Lord Chandos zu diesen Gedanken treibt, es sei »ein ungeheures Anteilnehmen, ein Hinüberfließen in jene Geschöpfe«, auf dass »in mir die Seele dieses Tieres gegen das ungeheure Verhängnis die Zähne bleckte«. Auf der Suche nach Selbsterkenntnis verliert der Absender des Briefes seine Fähigkeit zur Sprache, die Worte zerfallen ihm im Mund wie modrige Pilze, und eine Tierseele ergreift von seinem Innersten Besitz. Wenn es nicht Mitleid ist mit den Ratten, die er selbst vergiften ließ, was ist es dann? Wenn es nicht das andere ist, das er anblickt, sondern wenn aus ihm selbst das Tier nun stumm spräche oder blickte? Mit welchem Mischwesen hätten wir es dann zu tun, das hier durch die literarische Sprache des Briefes Kontur gewinnt? Es wäre ein ungeheures, das sich bereits im Begriff befände, Tier zu werden, so wie die Ratten in diesem Text Menschen würden angesichts der Ausweglosigkeit ihrer Situation. Wo die Ratten im Text Todesschreie ausstoßen, zahlt der Briefeschreiber den Preis seiner Verwandlung, denn er droht zu verstummen und geht damit an den Rand der Sprache. So wie es vielleicht Gilles Deleuze meinte, als er in der Interviewserie *L'Abécédaire* vom »Tier-Werden« sprach, und beschrieb, wie das Sprechen zu Stille werde. Oder an jenes Limit gehe, das die Sprache trenne vom Lärmen und Heulen; wo sie zu Lauten würde, Vokalen, Musik, einem Bellen, einem Murren, einem Miauen gleich. An dieser Grenze, die Sinn von Unsinn trenne, sei auch das Gemeinsame zu finden, der Übergang von Mensch und Tier. Schreiben wie ein Tier könnte bedeuten, die Idee eines Schreibens zu formulieren, das gerade noch menschenmöglich ist. Schreiben »für« jemanden hieße, für die zu schreiben, die lesen, aber auch »anstelle« jener, die nicht schreiben und lesen können. »Schreiben wie eine Ratte«, schlagen Deleuze und Guattari in den *Tausend Plateaus* 1980 vor; *Schreiben wie eine Katze …* möchte Sarah Kofman in einem Essay aus dem Jahr 1976, sich die Wahrnehmung und den empfindlichen Tastsinn der Katze zunutze machen. Immer aber wird, wer so schriebe, ein Mensch sein, ein menschliches Tier nämlich, das weder eine Ratte noch eine Katze ist. Ein Mensch, der nicht erfahren kann, wie es, so Thomas Nagel in seinem philosophischen Beispiel, denn ist, »eine Fledermaus zu sein«. Die Fantasie sei zwar »bemerkenswert flexibel«, aber eben aus den Bestandteilen unserer eigenen Erfahrungen gebaut, und daher bleibe die Fähigkeit, die »Erlebnisse anderer Spezies zu verstehen«, bloß bruchstückhaft. Eine Fledermaus zu sein sei eben nicht dasselbe, wie *wie* eine Fledermaus zu sein. Was Nagel hier als These formuliert, wendet er nicht nur auf die subjektive Perspektive der Fledermaus an, sondern auch auf die subjektive Perspektive des menschlichen Individuums, und folgert daraus, dass es auch nur bruchstückhaft gelinge, einen anderen Menschen zu verstehen. »Tier-Werden«, aus dem französischen »devenir-animal« übersetzt, in beiden Versionen mit Bindestrich geschrieben, formulierten Deleuze und Guattari wie folgt: »Die Arten des Tier-Werdens sind weder Träume noch Phantasmen. Sie sind durch und durch real. Aber um was für eine Realität handelt es sich dabei? Denn wenn das Tier-Werden nicht darin besteht, ein Tier zu spielen oder nachzuahmen, dann ist auch klar, dass der Mensch nicht ›wirklich‹ zum Tier wird und dass das Tier auch nicht ›wirklich‹ zu etwas anderem wird ... Es ist eine falsche Alternative, wenn wir sagen, entweder man ahmt etwas nach oder man ist. Was real ist, ist das Werden selber ... Das Werden kann und muss als ein Tier-Werden bestimmt werden, ohne einen Endzustand zu haben, der das gewordene Tier wäre.« Tier werden könnte bedeuten, wie die Harpyie und also ein Drittes zu sein und sich nicht entscheiden zu müssen zwischen Vogel und Mensch, zwischen Fabel und Natur. Erst aus einem Blicken, das in Bewegung wäre, würde ein solches Mischwesen, ein Tier-im-Werden entstehen, das, wenn wir nur weg- und wieder hinsehen würden, sich bereits verwandelt hätte.

In den Bildern des Mittelalters geht es oft zu wie im Comic: Da klettern die alten Menschen auf der linken Seite in eine Mühle und kommen als dieselben verjüngt schon auf der anderen Seite heraus und spazieren in ein neues Leben. Innerhalb eines einzigen Bildes wird manchmal ein ganzes Leben verhandelt wie ein Kreuzweg, es werden Schlachten angezettelt, verloren und gewonnen, es finden Frühling, Sommer, Herbst und Winter statt, jemand ist zur einen Hälfte gerade erst geboren und zerfällt, auf der anderen Sei-

te seines Körpers, schon ganz. Solche Darstellungen legen
es besonders nahe, ein einzelnes Bild prozesshaft zu lesen,
als Vorgang, das Geschehen mit eigenen Augen zu erkun-
den und eine Leserichtung zu finden, auf dass sich, was wir
anfassen, verwandelt, ein Mensch in einen Vogel in einen
Menschen.

Zwischen den Buchseiten der Naturkunde von John
Johnston sitzend, finden wir die Harpyie in ihrem natürlichen Habitat: als ein Wesen, gewachsen aus Beobachtung,
Überlieferung, Erfindung, Druckerfarbe und Papier. Wenn
man ihre Krallen betrachtet, wie sie sich um einen Felsen
klammern, an dessen linker Seite ein Grasbüschel wächst,
das sich ebenso kringelt wie ihre Haarlocken weiter oben,
dann ist man beinah geneigt, auch das Grasbüschel noch als
Erweiterung dieses Lebewesens mitzudenken. Als Lexikon-
eintrag bleibt die Harpyie eine der vielen Arten innerhalb
des *Systema Naturæ*, solange ihr mögliches Vorkommen in
der Natur der Falsifikation harrt. Es entspräche durchaus
ihrer Art, wenn weitererzählt würde, was man gehört oder
gesehen hat über ihr Aussehen und ihre Gestalt, sodass wei-
tergesponnen wird an diesem Hirngespinst. Lange dünne
Haare mischen sich da in der Vorstellung mit zarten Federn,
und die weichen Daunen aus dem Unterkleid des Gefieders
müssen langsam der Farbe von nackter Gesichtshaut weichen. In Ovids *Metamorphosen* wird beschrieben, wie alles
auf der Welt ein ständiges Sich-Verwandeln ist, das Zeitalter,
die Jahreszeiten, Erde, Wasser, Luft und Feuer, der Lauf des

Lebens, jeder einzelne Tag, auch der heutige: »Alles wandelt sich, nichts vergeht. Es schweift unser Geist, kommt hierher von dort, von hier dorthin, und dieser und jener Glieder bemächtigt er sich, geht über aus Tieren in Menschenleiber und wieder in Tiere, und niemals geht er zugrunde.« Und Ovid erzählt auch die Geschichte von der Göttin Latona und ihren neugeborenen Zwillingskindern, denen, nach langer Reise beinah am Verdursten, die Lykischen Bauern das Trinken aus einem Teich verwehren. Latona verflucht daraufhin die Bauern, auf ewig im Wasser leben zu müssen. Obwohl schon »unters Wasser getaucht, unterm Wasser«, unterlassen sie es nicht, die Göttin weiter zu beschimpfen. Noch bevor wir erfahren, in welche Tiere sich diese Bauern verwandelt haben, setzt der Text sie vom Land ins Wasser, »sub aqua«, und in der Verdoppelung dieses Ausdrucks wird nun ein Quaken hörbar, das die Wandlung akustisch bereits vollzieht, bevor sie im Text, Schritt für Schritt, Beobachtung für Beobachtung, erläutert wird. Hier zitiert in der deutschen Übertragung von Erich Rösch: »Rauh ihre Stimmen noch heut, die Kehlen schwellen gebläht, und schon das Schmähen verbreitert die klaffenden Mäuler, der Rücken rührt an den Kopf, dazwischen der Hals scheint ihnen zu fehlen. Grün am Rücken, weiß am Bauch und zumeist an dem Leibe, hüpfen sie nun im schlammigen Teich zu Fröschen geworden.« Im lateinischen Original sind die Frösche als letztes Wort ganz ans Ende dieser Geschichte gesetzt, die Wandlung hat sich damit zur Gänze vollzogen. Ovids

Nachdichtung dieser mythologischen Begebenheit lässt zuerst in der Sprache, im Sprechen oder Vorlesen, den Menschen zum Tier werden. Indem er das Material auf wenige Konsonanten und Vokale reduziert und diese wiederholt, erzeugt er einen Rhythmus, der sich den Tierlauten annähert, so wie das U-u-u der Affen oder das Zilpzalp, Kiwitt und Tandaradei der Vögel. Vielleicht meint das, was Deleuze und Guattari als Tier-Werden verzeichnen, eben auch, an den singenden, heulenden, lärmenden Rand der Sprache zu gehen. Das Quaken der Frösche tritt in den Vordergrund, just in dem Moment, als die Köpfe der Bauern unter Wasser tauchen und somit die Sphäre verlassen, in der der Mensch noch atmen kann. An der Grenze von Luft und Wasser, ab dem Wort »aqua«, wird ihr Schimpfen zum Quaken. Ihre Geschichte wird nicht bloß vorgekaut und nacherzählt, sondern arbeitet mit akustischen Mitteln und dem Material der Buchstaben. Die *Metamorphosen* Ovids sind Vers für Vers durchgetaktet – das gesamte Epos ist in Hexametern verfasst –, und würde man weit weg sein von jemandem, der sie laut vorträgt, würde man vielleicht nur den Rhythmus hören und die Wasseroberfläche sehen, auf der er sich in Wellen fortsetzt. *Fisches Nachtgesang* von Christian Morgenstern, veröffentlicht 1905, ist so ein grafisches Gedicht, das nicht mehr aus Wörtern, sondern nur noch aus den notierten Hebungen und Senkungen besteht. Kurze gerade Striche wie ein Andeuten der glatten Wasseroberfläche und halbrunde Zeichen wie flache Wellen dazwischen ergeben so, regelmäßig angeordnet, die Fläche eines kleinen Teiches vielleicht. Es könnte aber auch der Umriss eines Fisches sein, und die vorangestellte Titelzeile, dieser schöne romantische Genitiv *Fisches Nachtgesang*, dessen hoher Ton fast ironisch klingt, würde somit die Schwanzflosse darstellen. Oder sind das die Notationen für einen stummen Gesang? Sind es Mäuler und Augen? Von Morgenstern stammt auch die Erfindung eines Tieres namens *Nasobēm*, »es steht noch nicht im Brehm«, das später, zoologisch beschrieben und mit lateinischem Namen versehen, scherzhaft doch noch seinen Eintrag in einigen wissenschaftlichen Lexika bekam. Das Nasobēm ist ein Tier, das vom Text her kommt und zitathaft in neuen Text überführt wird. Sein Fell trägt vielleicht die Muster der Buchstaben und Satzzeichen, Punkt und Strich. So wandert, was Erfindung war, wie ein Kamel durchs Nadelöhr, hinein ins Lexikon und schleicht sich darüber in die Wirklichkeit ein.

So menschlich sehen die Menschen aus, wenn sie durch die Straßen gehen. Doch die Farben und Konturen ändern sich, das Gegenüber, eben noch kenntlich, wandelt sich wie nach einem Morphing. Orange-braunes Fellhaar sprießt langsam aus der nackten Gesichtshaut, darunter kommen dunkelrote und lilafarbene Strähnen zum Vorschein. Könnte es so sein? Dazwischen werden weiße Linien gezogen, graue, dann kreidig-rosarote Wellen, die sich an anderer Stelle dicht kräuseln, glänzend-schwarz wie der Pelz eines Persianers, das Fell des frischgeborenen Steppenschafs. An anderer Stelle färbt sich die Haut sandbraun, türkisfarbene und gelbe Striche legen sich wie Fäden darüber. Helle Lichtpunkte scheinen dort durch, doch abgedämpft wie hinter einem Nebelschleier. Mutierte Wesen blicken uns aus glasigen Augen entgegen, es entstehen – das Gesicht und seine Übermalungen sind in diesen Bildern von Belang – die *Hairy Children* des amerikanischen Malers Erik Mark Sandberg. Struppiges weißes Fell wächst dort auf schwarzem Grund, die Pupillen in den schwarzen Augäpfeln sind weiß, manche der Gesichter sehen aus wie Fotonegative vor der Entwicklung. Schmetterlinge setzten sich darauf, petrolblau und dunkelapricot, und wurden zu geknoteten Maschen. Dann Blüten und mehr. Das menschliche Gesicht zeigt sich in diesen Porträts nicht nackt, sondern von Fell, Pelz, Haaren und Linien neonfarben und schreiend überwuchert. Ein bisschen erinnern diese behaarten Kinder an eine Mischung aus Vetter Itt von der *Addams Family* und den Wookiees aus *Star Wars*, die nicht nur die dichte Behaarung beziehungsweise den Fellbewuchs gemeinsam haben, sondern auch das Sprechen in einer seltsam verzerrten Kunstsprache, wobei sie gleichzeitig aber die menschliche Sprache verstehen können. Die behaarten Kinder von Erik Mark Sandberg könnten aber auch poppige Wiedergänger der sogenannten *Haarfamilie* sein, einer Gemäldegruppe aus dem Kunstkammerinventar des späten 16. Jahrhunderts, die den im Gesicht übermäßig behaarten Pedro Gonzales und seine ebenso behaarten Kinder zeigt, außerdem seine unbehaarte Ehefrau. Pedro Gonzales, heißt es, wurde auf Teneriffa geboren, als

Kuriosität an die Kaiserhäuser Europas gebracht und unter denselben verschenkt und weitergereicht. Auf den Porträtbildern eines anonym gebliebenen Malers sind Vater, Tochter und der kleine Sohn in eleganten Kleidern dargestellt. Nichts unterscheidet ihre Haltung, Gestik und ihren Blick von den üblichen Darstellungsformen eines Adelsporträts der Hochrenaissance, und doch wächst aus dem breiten Rüschenkragen jedem ein durch und durch braunbehaarter Kopf, und im Hintergrund ist eine ebenso dunkle Höhle zu sehen, die ihre Gesichter fast zum Verschwinden bringt. Anstelle der Herrschaftsinsignien von Zepter und Schwert oder Tisch samt Landkarte ragt seitlich im Bild ein Felsvorsprung hervor, an dessen flachster Stelle Vater und Sohn jeweils ihre Hand aufstützen. Das Befremden über die ambivalente Geschichte von der Menschenattraktion als einer reisenden Trophäe, der gleichermaßen eine privilegierte Stellung am Hofe zuteil wurde, wächst, je aufgeputzter die Tochter aussieht im Kleid samt Schmuck und Diadem. Auf einem steifen hellen Kragen sitzt dort ein haariger Kopf, der mit dem braunen Felsgestein im Hintergrund bald eins zu werden scheint. Hypertrichose lautet der moderne medizinische Begriff für das Symptom des Haarbewuchses an üblicherweise unbehaarten Körperstellen beim Menschen, in der früheren Medizingeschichte findet sich der Begriff des Wolfsmenschen und, so es sich nur um einzelne behaarte Stellen handelt, des Tierfellnävus. Aus dem späten Mittelalter sind Darstellungen einer gekreuzigten Volksheiligen mit Bart erhalten, genannt Wilgefortis oder Heilige Kümmernis. Wo pathologische Erklärungsmodelle fehlen, werden Mythologie und Glauben zu Rate gezogen.

Ab der 10. Auflage von Linnés biologischer Systematik im Jahr 1758 gehört der Mensch zur Ordnung der Primaten innerhalb der Klasse der Säugetiere. Bevor Linné den Begriff der Mammalia, der Säugetiere, einführte, ordnete er den Homo – neben Simia, dem Affen, und Bradypus, dem Faultier – den vierfüßigen »Quadrupedia« unter, die auch schon bei Aristoteles erwähnt wurden. In Ermangelung eines spezifischen Merkmals zur Unterscheidung des Menschen von den Tieren beschrieb Linné weder dessen Zähne noch dessen Beine et cetera, sondern notierte daneben schlicht: »Nosce te ipsum«. Die Möglichkeit zur Selbsterkenntnis, ausgesprochen als Mahnung und Erinnerung, ist demnach das, was den Menschen innerhalb des Tierreichs charakterisiere und ihn unterscheide. Die Klasse der Quadrupedia wiederum war in früheren Ausgaben den »Anthropomorpha« zugewiesen, der Ordnung der Menschengestaltigen oder Menschenartigen. Auch wenn die Anthropomorpha als Begriff zugunsten der bis heute gebräuchlichen Primaten von Linné selbst noch aufgegeben wurden, scheint in diesen älteren Versuchen einer Benennung, Einordnung und Beschreibung etwas durchzuschimmern, das im philosophischen Sinne weiterhin wirksam sein könnte: dass der Mensch bloß menschenartig sein könne oder menschengestaltig, dass er sich dem Menschsein nur annähern könne, dass der Mensch sich noch befinde auf seinem Weg zur Menschwerdung. Der »Homo ferus«, der wilde Mensch, wird neben dem Homo sapiens als eigene Art benannt, nämlich als »tetrapus«, auf vier Beinen, »mutus«, ohne Sprache, und »hirsutus«, behaart. Als Belege nennt Linné Sichtungen eines Bärenkindes, eines Schafs-, Kalbs- und Wolfsjungen, später kommen auch zwei sogenannte wilde Mädchen hinzu. Es handelt sich hierbei um Kinder, von denen angenommen wurde, dass sie von Tieren, genauer gesagt nichtmenschlichen Tieren, aufgezogen wurden. Spätere Beobachtungen von vergleichbaren Fallgeschichten ziehen eine Mensch-Tier-Beziehung dieser Art in Zweifel, nur die Literatur und die Kunst, sie bleiben stur bei ihren Geschichten von den viehisch gesäugten Kindern, die später einmal, wie Romulus und Remus, immerhin doch Städte gründen werden.

Auf einer Pilgerreise ins Heilige Land, von Venedig nach Jerusalem und später weiter nach Ägypten, hat der Zeichner Erhard Reuwich einige wilde Tiere und Menschen mit eigenen Augen gesehen und, nach eigenen Angaben, auch wahrheitsgemäß abgebildet. In seinem Holzschnitt aus dem Jahr 1486, abgedruckt in Bernhard von Breydenbachs Reisebericht der *Peregrinatio in terram sanctam*, sind acht dieser Wesen abgebildet. Sie stellen ein Ziegenpaar dar mit hündischen, zu lang geratenen Hängeohren, außerdem eine Giraffe mit einem Körper, der so lang und schmal ist wie ihr Hals, das Fell gepunktet und die Hörner spitz wie die einer Antilope. Das vierte Tier wird Krokodil genannt, sieht aber aus wie ein großes Reptil mit den Krallen eines mythischen Drachen. Weiter unten finden wir noch einen Salamander in etwa derselben Größe wie das Krokodil, mit Sternenmuster auf dem Rücken und einem Kopf, der einem äffischen Greis gehören könnte. Außerdem zu sehen ist noch ein vergleichsweise naturalistisch gezeichnetes Dromedar, das an der Leine gehalten wird von einem achten Wesen, das aufrecht steht wie ein Mensch. Sein Körper ist menschlich proportioniert, doch zwischen seinen Schultern sitzt ein Affenkopf mit Wallemähne, zudem hat es einen langen Schweif und Affenfüße samt abgespreizter Großzehe. Statt eines Namens, wie den anderen Tieren einer zugedacht wird, passend oder unpassend, steht unterhalb dieses eigenartigen Mischwesens auf lateinisch geschrieben: »Kein Name ist bekannt.« Es sind vielleicht allesamt, wie Reuwich sie zeichnet, Zoomorpha, tiergestaltige und tierartige, fantastische Wesen auf dem Weg zur Tierwerdung. Wie, davon abgesehen, ohnehin jede Zeichnung von einem Tier natürlich nicht das Tier selbst ist, sondern das Tier gleichsam ersetzt, an das Tier erinnert, das Tier repräsentiert. Die Tiere und Tierähnlichen im Holzschnitt von der Pilgerfahrt ins Heilige Land sind übers Blatt verteilt und überlappen einander jeweils, als wären sie in diskreter Berührung miteinander verbunden und stützten einander, zusammengesetzt zu einem Ornament aus schwarzen Linien auf hellem Grund. Reuwichs Tiere finden sich so oder so ähnlich in vorangegangenen und nachfolgenden Darstellungen durch andere Zeichner. Mit eigenen

Augen sah er sie, bis auf das Dromedar und vielleicht die Ziegen, nicht ausreichend lange oder zu selten, um sie naturgetreu abzubilden, oder eben nicht in freier Wildbahn, sondern ausschließlich in illustrierten Bestiarien und auf Gemälden. Oft basieren diese Bestiarien auf dem *Physiologus*, einer Sammlung von Tieren, Fabelwesen, Pflanzen und Steinen auf Papyrus, im 2. Jahrhundert in griechischer Sprache verfasst. Die Natur wird darin als gottgegeben beschrieben und jedes Wesen in Bezug zu Christus gesetzt. Wo das Erfahrungswissen der Entdeckungsreisenden und Weltumsegler fehlt, muss auf das Altbekannte zurückgegriffen werden, um das Neue zu beschreiben und darzustellen. Vom österreichischen Färbermeister Aloys Zötl, der im 19. Jahrhundert lebte und selbst angeblich nie weit gereist ist, blieb ein Bestiarium von vierhundert Aquarellen erhalten. Zötl baute sich die Tiere, wie er sie in Nachschlagewerken und Enzyklopädien, etwa in Buffons illustrierter *Histoire naturelle* aus der Mitte des 18. Jahrhunderts, gefunden hatte, neu zusammen und stellte sie in eine ebenso erfundene Landschaft. Was fügten die Menschen, die diese und jene Tiere, Panther, Löwen, Elefanten in Europa, nicht gesehen haben konnten, den Zeichnungen hinzu? Was ließen sie weg? Etwa fünfzig Jahre nach Reuwich tauchte der gleiche Affenmensch bei Conrad Gessner wieder auf, hinzugekommen sind eine ausgeprägte Kniepartie und Muskeln, deutlich umrissene länglich-schmale Brüste – und ein Name für den struppigen Unbekannten: »Strobelkopf«. Durch und durch haarig sei dieser wilde Mann, schrieb Gessner dazu, und kein Tier könne, abgesehen vom Menschen, so lange aufrecht stehen wie er. Frauen und Knaben, Fremde wie Landsleute, würde er lieben und niederreißen wollen, öffentlich und ohne Scham. Gleichermaßen wie er ein Mensch sei, sei er ein wildes Tier, doch für ein solches ehrbar und geschickt, mehr als manche Menschen klug wären. Und dann zählte der Schweizer Gessner jene entfernten Weltgegenden auf, in welchen er solche weniger scharfsinnigen Menschen vermutete.

Was außerhalb der Erfahrung steht, aber nicht außerhalb der Vorstellung, markiert den Rand der Welt. Bis an diese Weltgrenze dehnen sich die »Grenzen meiner Sprache« aus, von denen auch Wittgenstein sprach. Das Namenlose und Unbekannte bekommt seinen Namen, seien es nun die sogenannten Wundervölker, Erdrandbewohner oder Monster. Sie bewohnen die einst weißen Flecken auf den Landkarten der Welt, das, was noch nicht kartografiert, aber dennoch verzeichnet worden ist, bis hinein in die Zeit nach der Entdeckung Amerikas. In der Antike, von Aristoteles über Plinius, und noch in der deutschen Übersetzung des *Physiologus* im Mittelalter finden wir Monster und Mischwesen, einmal beschrieben als unentdeckte Völker, ein andermal als einzelne Lebewesen mit natürlichen Deformationen und sogenannten Geburtsfehlern, in späterer christlicher Deutung als physiognomisch wirksam gewordene Strafen für Laster, aber auch als sichtbare Tugenden: Wer gottesfürchtig mit dem Essen spart, hat beispielsweise einen sehr kleinen Mund. In der Spätantike, Anfang des 5. Jahrhunderts, philosophierte der Theologe Augustinus über die mögliche Existenz von Ungeheuern, Wundervölkern und Monstern. Die »monstra« und »besties« seien als Menschen anzusehen, solange davon ausgegangen werden könnte, dass sie von Adam abstammten. Letzteres nur definiere den Unterschied zu den Tieren, denn sonst könnten, laut Augustinus, auch die Affen, Meerkatzen und Sphingen als Menschenvölker bezeichnet werden.

In der Biologie ist der Mensch ein Tier. Er hat bis zu 99 Prozent genetische Übereinstimmung mit den Schimpansen und Bonobos und teilt sich mit ihnen dieselben Vorfahren. Der DNA-Vergleich mit jedem anderen mehrzelligen Lebewesen ergibt übrigens immer mindestens 25 Prozent an identischen Sequenzen, also auch eine Verwandtschaft zwischen Mensch und Karotte. Obwohl es kein spezifisches Distinktionsmerkmal gibt, unterscheiden wir in der alltäglichen Umgangssprache, ob wir von Menschen oder von Tieren sprechen. Theologie, Philosophie, Recht und Ethik formulieren die Differenz in ihren Erklärungsmodellen jeweils unterschiedlich groß oder klein, und es scheint, je näher die Menschen den Tieren in der biologischen Taxonomie gerückt sind, desto stärker war das Bedürfnis, eine rhetorische Unterscheidung vorzunehmen. Sei es, dass den Tieren die Fähigkeit zu denken, zu fühlen und zu leiden abgesprochen oder nur begrenzt zugesprochen wird, oder seien es vorausplanendes Verhalten oder Denken und Sprechen in

Vergangenheit, Gegenwart und Zukunft, in Symbolen und Vergleichen, das den Tieren im Gegensatz zum Menschen fehlen würde. Dieser Ansicht widersprechen Forscherinnen und Forscher, die davon ausgehen, dass manche Arten sehr wohl, neben nonverbalen Formen der Kommunikation, eine zumindest teilweise vergleichbare Sprache hätten. Mittels Soziallauten, einzelnen Wörtern entsprechend, würden sie sich verständigen – angeblich auch über uns Menschen. Descartes hingegen definierte 1637 in *Bericht über die Methode* Sprechen immer als ein Sprechen mit »Vernunft«: Menschen, die vernünftig sprächen, würden »bezeugen, dass sie denken, was sie sagen«. Dass Tiere allerdings strategisch und planvoll handeln, zeigen jüngere Beispiele wie die Beobachtungen von Krähen, die, um Nüsse zu knacken, diese auf der Straße ablegen, wo sie von vorbeifahrenden Autos überrollt werden. Eine Definition, die versucht, den Menschen vom Tier scharf abzugrenzen, ist dabei wohl immer in Gefahr, beiden unrecht zu tun. Wer wäre in einer solchen Zuordnung der Mensch, der nicht sprechen kann? Wo stehen die anderen, die fremden, die fernen, die deformierten, die limitierten Körper, wo bleiben mutus, hirsutus und tetrapus? Und können Tiere leiden, wie der englische Philosoph und Jurist Jeremy Bentham fragte? »Man wird vielleicht eines Tages einsehen, dass die Anzahl der Beine, die Dichte der Körperbehaarung oder der Übergang des Rückgrats in einen Schwanz ebenso wenig ausreichende Gründe darstellen ...«, ein Tier zu misshandeln, argumentierte er in *Eine Einfüh-*

rung in die Prinzipien der Moral und der Gesetzgebung im Jahr 1789. Und kann, wenn Tiere leiden können, das Leiden der Tiere mit dem der Menschen verglichen werden?

In Sebastian Münsters *Cosmographia* aus der Mitte des 16. Jahrhunderts haben sie alle ihren Ort und ihren Namen: Sie sind Einfüßer, Ohrenlose, Mundlose, Einäugige, Menschenfresser, Kopflose, Menschen mit Tiergesichtern oder Tierkörpern, Zwerge und Riesen, Doppelköpfige und Vierfüßige, Menschen mit Hörnern, Hasenohren, verdrehten Gliedmaßen, hängenden Lippen, Frauen mit nur einer Brust, Nasenlose, auf wilden Tieren Reitende, Bocksfüßige, Sechsfingrige, Hermaphroditen, Zungenlose, Kranichschnäbler, Meermönche mit Fischleib, allerlei »rauhe« und »viehische Leut«, wie es dort heißt. Bekannte Gliedmaßen und Körperteile bilden unbekannte Kombinationen, die als neue Lebewesen wiederum benannt werden wollen. Die Sprache baut dafür neue Komposita. »Kein Name ist bekannt«, hieß dieses wilde, fremde Wesen noch bei Breydenbach. Werden die Unbekannten und Namenlosen aus der Naturwissenschaft ausgeschlossen, bekommen sie in der Kunst, in der Religion, in der Fabel, in den Träumen und Ängsten der Menschen ihren Platz. Die Kunst bildet ihre eigene Systematik aus, ihr Figurenrepertoire, das sich aus unserer Vorstellung speist und auf diese wieder zurückwirkt. Und sie erfindet beständig neue Wesen: Einer der bekanntesten Charaktere aus einem japanischen Videospiel ist Pikachu, ein kleines gelbes Tierchen mit sackartigem Körper, einem blitzförmigen

Schweif, langen Ohren mit schwarzen Spitzen, roten Wangen und dunklen Knopfaugen. Vom Videospiel wanderte es weiter ins Anime und später als Maskottchen in die Werbung. Und so läuft Pikachu, dessen Name aus der Zusammensetzung zweier onomatopoetischer Wörter gebildet ist, aus einem elektrischen Funken und dem Fiepen einer Maus, in Menschengröße und sehr real über die verschiedenen Messen für Spiele oder Comics. Immer wieder findet die Kunst neue Namen, My little Pony für das Einhorn, Smaug für den Drachen, Krambambuli für den treuen Hund, Rosinante – der Name selbst ein Wortspiel – für den müden Gaul. Der mürrische Kater heißt dann Garfield, der melancholische Hund Snoopy, der philosophische Bär Pooh, die sprechenden Enten sind Donald, Daisy oder Dagobert. In dem Maße, wie wir uns auf die grenzwertigen Behauptungen all dieser erfundenen Geschichten und Bilder einlassen, sind wir imstande, sie zu lesen und anzusehen. Das gezeichnete oder erzählte Tier ist ein Tier, und doch ist es keines, so wie die Pfeife beim Maler René Magritte und seinem Bild über den Verrat der Bilder, *La trahison des images*, eine Pfeife und keine ist. Und wie die Katze in seinen Bildern eine ist und keine ist, und nicht nur deswegen keine ist, weil sie außerdem in einem Hut sitzt und darin durch die Wolken fliegt. Was aus dieser Überblendung entsteht, ist ein Sowohl-als-Auch, das keineswegs mangelnder Entscheidungsfähigkeit oder verrätselter Geheimnistuerei geschuldet ist. Es zeigt vielmehr eine Ambivalenz, deren Spannung schwer zu ertragen ist. Kein Name ist bekannt, ein Name wird gegeben. Das Erlebte und das Erfundene, sie bauen zusammen ein Drittes, dessen riskante Existenz nur Bestand hat, solange die Menschen bereit sind, sich beim Zuhören, Schauen und Lesen etwas vorzustellen und sich damit auf die Spielregeln der Fiktion einzulassen, die alles in diese Spannung versetzt. Bilder werden erschaffen und verraten, zerstört und neu erfunden, andernorts zitiert, kopiert und wiederholt. So wie die verschiedenen Darstellungen des Strobelkopfs später wieder aufgegriffen und weiterverwendet wurden, neben Conrad Gessner von Albrecht Dürer oder Carl von Linné, wandte Reuwich an, was er bereits kannte. »Man erblickt nur, was man schon weiß und versteht«, soll Goethe einmal gesagt haben, und wir greifen diesen Satz nun aus der Luft und machen ihn uns zu eigen. Wie in den Kinderzeichnungen bis heute die gelbe Scheibe mit Strahlenkranz, stilisiert und eindeutig lesbar, der Darstellungskonvention für Sonne entspricht, so taucht auch Reuwichs Giraffe, deren Körper gleich lang ist und schmal wie ihr Hals, in ungezählten Malereien von vermeintlich exotischen Weltgegenden oder Paradiesgärten auf. Eine vergleichbare Skizze einer Giraffe finden wir beim italienischen Kaufmann Cyriacus von Ancona, auf Reisen angefertigt Mitte des 15. Jahrhunderts, und zur selben Zeit bei Hieronymus Bosch im *Garten der Lüste* auf dem linken Altarflügel. Wo die Landschaft noch voll von Tieren ist, steht die Giraffe da mit schwarzglänzenden Knopfaugen, hellem Fell oder heller

Haut, grau-blau gefleckt, neben einem zweibeinigen Hündchen. Dahinter klettert winzig ein Bär auf einen Baum, noch weiter hinten, wieder größer, spaziert ein Stachelschwein durchs Gras, und zwar ein solches, wie es später auch Merian abgebildet hat, und auch ein solches Wildschwein. Und Merian kommt ja von Gessner und Aldrovandi und so weiter wieder zurück in diesem schier endlosen Wimmelbild der Tierzitate: Jedes Tier hat vielleicht seinen Ursprung in einem noch älteren Bilde, und man könnte bald meinen, alles hätte auf verfängliche Weise mit allem zu tun und würde über die Jahrhunderte gestrickt aus den Ideen und Anschauungen der Malerinnen und Maler, der Forscherinnen und Forscher – hätten nicht die sogenannte Entdeckung der Kontinente, die Einführung und verbindliche Anwendung einer vorherrschenden naturwissenschaftlichen Taxonomie oder später die Erfindung der Fotografie dieser Vielzahl von Lebewesen eine Struktur verordnet und ihrer Unübersichtlichkeit versuchsweise Einhalt geboten. Der Vorstellungskraft, Gestaltungslust und Erfindungssucht der Menschen tut dies jedoch keinen Abbruch, und man muss Hieronymus Boschs Bilder auch gar nicht gesehen haben, um sich das Paradies oder die Hölle in Gedanken ausmalen zu können: Weiße und schwarze Vogelschwärme bedeckten den blauen Himmel, manche der Vögel hockten im Gras, ganz weit hinten. Weiter vorne stünde ein Elefant, auf dessen Rücken ein Äffchen ritte. Ein Einhorn neigte an einer Wasserstelle den Kopf, um zu trinken, Enten schwömmen dort, ein Schwan,

Reptilien kröchen aus dem Wasser und ein zweibeiniges Tier, den Körper in einer Art gepunkteter Eierschale nachziehend. Auf dem Fels daneben krabbelte ein hellblauer Riesenkäfer, zwei Fühler wüchsen aus seinem Panzer und so etwas wie Federn hingen hinter seinen Beinchen heraus. Eine schwarze Schlange wände sich um eine Palme, in der große braune Beeren hingen wie Kokosnüsse. In ein Büschel Gras geduckt säße ein Häschen. Eine Art von Löwe risse eine Art von Antilope. Eine winzige Kröte oder ein winziger schwarzer Frosch streckte seinen Kopf aus dem Teich weiter unten. Aus der dunklen Öffnung einer Blase eines rosafarbenen Springbrunnens, der aussähe wie aus Blumen und inneren Organen gefertigt, guckte eine Eule. Wieder weiter unten wäre ein Wasserloch, aus dessen Innerem schwarze und grau-weiße Tiere an Land kämen, eines wäre eine Robbe mit fischartigem Körper, eines wäre eine Sirene mit Schnabel und kleinen Händen, in denen sie, gar nicht seltsam, denn es wäre ja das Paradies, ein Buch hielte. Manche Vögel würden ihre Schnäbel ins Wasser stecken, und man würde nur ihre Federn noch sehen und die Beine, wie sie heraußen im Gras stünden, dort läge auch ein dreiköpfiger brauner Vogel, dessen Schwanzfeder geformt wäre wie die eines Pfaus. Frösche und froschähnliche Lebewesen auch hier. Dann eine ganz gewöhnliche, am Bauch weiß gepunktete Katze, die eine Ratte im Maul trüge. Ein paar Vögel, wovon einer eine Zunge hätte, die er nach vorne schnalzen ließe wie ein speiendes Tier. Ein weiterer Hase säße so in der Landschaft, dass wir ihn nur von hinten sehen könnten. Ein Fasan. Ein Fisch im Wasser mit Flügeln, daneben ein Minidrache, schwimmend, mit einem Horn auf der Stirn. An Land ein Vogel mit breitem, flachem Schnabel, darin ein Frosch, kurz vor dem Verschlungenwerden. Nur drei menschenähnliche Figuren sind auf diesem linken aufgeklappten Altarflügel zu sehen, es sind Adam und Eva, nackt, und, in rotem Gewand in ihrer Mitte, Eva an der Hand haltend, derjenige, der ihr Schöpfer genannt wird. Die quadratische Mitteltafel des Altars allerdings ist bevölkert von ungezählt vielen Menschenwesen. Sind es denn Menschen? Menschen, die sich von übergroßen Vögeln mit Beeren füttern lassen, Menschen, die Blumen und Beeren im Haar tragen, Menschen, die aus Eiern schlüpfen und in Muscheln schlafen, Menschen, die in Blasen und Früchten sitzen und so übers Wasser treiben, Menschen, die auf Eulen und Fischen reiten, auf Schweinen, Pferden, Dromedaren? Auf Tieren, die selbst wieder Mischwesen sind? Und die Reiter selbst sind ihrerseits Mischwesen aus Schalen, Beinen, Lianen, Kugeln, vier Beinen und vier Armen. Ihre Haut hat alle Farben, sie hängen verkehrt herum an Ästen und Blumen, sie strecken blau gefärbte Hinterteile aus roten krebsartigen Schalenkörpern, sie tanzen, turnen und schlafen, sie liebkosen einander, sie zeigen und sie strecken sich, sie liegen versunken beieinander. Sie sind Frauen mit Fischleibern und silberne Androiden, sie stecken mit dem Kopf voran im Wasser und strecken ihre Beine in die Luft, und zwischen ihren Beinen kleben rote Beeren, auf denen winzige Vögel sitzen. Sie formieren sich und bilden so etwas wie kleine Reisegruppen und veranstalten Umzüge. Sie machen Handstände, und ihre nackten Leiber stützen einander in dieser Position, sie haben Blumensträuße in den Hintern gesteckt und tragen Blütenblätter als Hüte, sie trinken und naschen, sie haben rote Erdbeeren wie Rucksäcke umgeschnallt, aus denen Fäden wachsen, Federn und Maschen.

Die Wörter, die man braucht, um all diese Wesen zu benennen, müssen erst erfunden werden. Es müssten Wörter sein, die man auseinanderrisse und neu zusammensetzte, an die man erfundene Silben und fremde Klänge klebte, alles, was Farben hat und sprießt und wächst. Der Mensch sei erschaffen worden und mit ihm die Tiere, und er muss, so besagt es die Schöpfungsgeschichte im *Alten Testament*, den Tieren erst ihre Namen geben. »Kein Name ist bekannt«, schrieb denn auch Erhard Reuwich unter das Bild vom Strobelkopf. Es braucht noch Wörter für die, die Mensch werden, und die, die Tier werden. Und wir finden sie in der Hölle, im rechten Altarflügel wieder, nur haben sich die Farben und die Lichtverhältnisse nun geändert, es ist dunkel geworden, und an einzelnen Stellen brennt es, und aus den Mischwesen sind grauenvolle, sadistische, verführende und fressende Monster geworden, grün wie die Kröten, schwarz wie die Käfer in Panzer und Rüstung, gelb wie das Hausschwein unterm Nonnenschleier. Und was sitzt dort in der Mitte unten auf seinem Thron? Es ist ein Wesen mit Vogelkopf und blauem Menschenkörper, das frisst einen nackten Menschen in sich hinein, und aus einer blauen Blase unter seinem Hinterteil drückt es neue Menschen heraus, die in ein Loch fallen, in das jemand gerade Geld scheißt und jemand anderer gleichzeitig hineinkotzt. Das ist keineswegs unsere Harpyie, die wir hier sehen und die ihr höllisches Werk vollbringt, aber es ist ein ihr verwandtes Wesen, den Menschenkopf gegen den Vogelkopf getauscht, den Vogelkörper gegen den Menschenkörper. Kein Name ist bekannt, ein Name muss gefunden werden. Zwischen dem paradiesischen Anfang und dem höllischen Ende scheinen die Wörter und die Sprache sich einen gemeinsamen Ursprung mit den Menschtierwesen zu teilen, als gäbe es irgendwo jenen Ort, wo Mensch, Tier und Wort noch verklebt sind miteinander. Es könnte dort zugegangen sein wie in Hieronymus Boschs *Garten der Lüste*, und die Mischwesen auf seinen Bildern hätten gebrabbelt, gestammelt und gesungen, noch ganz ohne Namen.

Wenn wir in alten Handschriften blättern, vor allem aus dem 12. Jahrhundert, stechen uns die verzierten Initialen ins Auge, und wie da in die Buchstaben selbst Tiere hineingeflochten sind, auch ein paar Menschen und ein paar Pflanzen, und wie da aus Mensch und Tier und Pflanze sich die Buchstaben erst formen und wie aus Mensch und Tier und Pflanze wieder Buchstaben werden. Das Material der Sprache, das Lauten eines Vokals oder eines Konsonanten, ist da auf ein Bild gebracht, das Bild eines farbig gestalteten Buchstabens, aus dem heraus die Lebewesen kriechen. Es sieht dann aus, als wären diese Bilder so etwas wie leuchtende Beweise für eine gemeinsame Herkunft von Schriftzeichen und Lebewesen. Als würde den Buchstaben etwas »Lebiges« anhaften, wie Theodor Storm im *Schimmelreiter* das Bauopfer nennt, das, lebend begraben, nach altem Aberglauben der Deich erst zu festigen vermöchte. Etwas Lebendiges, etwas aus demselben Fleisch und Blut wie Menschen und wie Tiere sind. »Im Anfang war das Wort«, heißt es im Prolog des Johannesevangeliums, und mit dem Wort wird die Welt erschaffen. Und das Wort war tierähnlich vielleicht, und es biss sich bei seiner Inkarnation schon in den eigenen Schwanz, um ein rundes O zu formen, einen zoomorphen Buchstaben in Form eines Drachen, eines Hundes, eines Löwen, einer Schlange oder zwei. Aus dem Maul eines solchen in sich verschlungenen Tieres wachsen wieder zwei Köpfe heraus, die Mäuler ihrerseits wieder aufgerissen und längst gestopft von einem nächsten Tier oder Menschen oder dem Ausläufer eines Buchstabens. Wenn dies die Illustration von Sprechen wäre, wäre es ein Sprechen mit vielen Zungen, zitathaft, anekdotenreich und sich im Kreise drehend. Wer so um sich blickt und spricht, steht nicht an jenem einen Fluchtpunkt, von dem aus er mittels Zentralperspektive die Umgebung erfasst, registriert und aufschreibt und so die Größenverhältnisse am Blatt bestimmt – was hinten ist, ist kleiner, was vorne, dementsprechend größer –, sondern er erstellt eine Hierarchie der Dinge, wie sie ihm gerade zu Gesichte stehen und in seine Geschichte passen. Freilich mischt in den Darstellungen der Größenverhältnisse die Vorstellung einer göttlichen Ordnung und eine daraus folgende symbolische Rangordnung der Lebewesen kräftig mit. In der sogenannten Bedeutungsperspektive kann ein bloßer roter Hund, als Teil einer solchen Zierinitiale, größer gemalt sein als ein Drache, aus dessen Maul wieder neue, goldene Hundeköpfe lugen, aus deren Mäulern wiederum Hände und Füße von winzigen Menschlein wachsen. Aus ihnen heraus, in sie hinein. Dahinter ist manchmal nur Himmel, dunkelblau, darauf einzeln, in einem Raster angeordnet, die goldenen Sterne. Und zwischen all dem Getier und den Menschlein, die dergestalt einen Buchstaben bilden, wie ein O oder ein Q oder ein D, sind die Pflanzenranken, die aus den Menschen und Tieren wachsen und diese gleichermaßen an sich ketten, symmetrisch und ornamental wie die Gitter von verschlossenen Eingangstoren. Apotropäisch sind diese Tiere mit ihren Grimassen, böse aussehend und so das Böse abweisend oder uns daran erinnernd, was uns in irgendeiner Hölle erwarten möge. Solche Fratzen kennt man, sie finden sich über Fenstern und Durchgängen, neben Eingangstoren und an Außenfassaden. Überall, wo etwas Einzug halten könnte, was besser draußen bliebe, das aber doch die Aufmerksamkeit auf sich zieht wie ein Zeichen und Signal. Sie finden sich auch an Enden und Ausläufern aller Art, an Tischbeinen, an Wanderstöcken, auf Schmuckstücken. Wo etwas hängt, absteht, heraussticht, blickt uns ein Tier entgegen. Als wären die Abwesenheit dieser Wesen und die damit einhergehende augenlose Leere unerträglich. Denn es handelt sich bei den dargestellten Tieren beinah ausschließlich um solche, die Augen haben, Tiere mit entfernt menschlichem Gesicht, anthropomorph.

Der Mediävist Michel Pastoureau hat im Detail beschrieben, wie in den Bildern des Mittelalters ein und derselbe Vogel in weißer Farbe ein ganz anderer ist als in schwarzer, und wie die Flugbahnen der Vögel unterschiedliche Bedeutungen haben, artentechnisch, aber auch symbolisch. Ein und dasselbe Tier kann bei ein und demselben Künstler in verschiedenen Bildern wiederum sehr unterschiedlich aussehen, und es können auch gleich aussehende Tiere als unterschiedliche Arten verstanden werden. Manche Tiere sind erst an ihren beigefügten Attributen erkennbar, so wie beispielsweise der gemalte Strauß stets ein Hufeisen im Schnabel trägt, da er angeblich fähig wäre, Metall zu verspeisen. Und schließlich können auch Tiere selbst Attribute zur näheren Bestimmung anderer Tiere darstellen, so wie die Katze häufig zusammen mit einer Maus gezeigt wird. Verschiedene Tiere unterscheiden sich in den Buchmalereien des Mittelalters oft kaum in ihrem Aussehen, umso stärker bedeutet es einen Unterschied, ob ihr Kopf frontal, wie beim Leoparden, oder im Profil, wie beim Löwen, zu sehen ist. Es gab also Kürzel, die wie ikonographische Codes benutzt wurden, die Wellenzeichnung auf der Haut deutete Glitschiges an, einfarbige oder gestreifte Flächen standen für Unheilvolles und so weiter. Zu all dem kamen die erfundenen Tiere, die Einhörner und Drachen und die Panther mit getupftem Fell und duftendem Atem, die gleichzeitig ein ganz selbstverständliches Repertoire in den Erzählungen und Darstellungen bildeten. Es sind Figuren, Tiere, Wesen, Konstellationen, die ein Denkmodell von Welt prägen und widerspiegeln, entsprechend dem Stand der naturwissenschaftlichen Forschung ihrer Zeit. Es sind aber auch die Bilder selbst, die Evidenz herstellen: Wird gezeichnet, was existiert, und existiert, was gezeichnet wird? Evidenz meint hier das, was augenscheinlich, was zu sehen ist. Der Löwe, die Katze, das Einhorn sind gezeichnet, als wären sie, eins ums andere, durchgepaust von den Vorlagen aus dem Musterbuch für Tierbilder. Sie sind Verkürzungen für das, was erzählt werden soll, und darin manchmal derart schematisiert, dass die Darstellungen heraldischen Charakter bekommen. Der Drache im Märchen muss gar nicht erst eingeführt und näher beschrieben werden, denn er steht, beinah wie ein Wappentier, für das, was bezwungen werden muss von einem, den wir in einer Erzählung als den Helden erkennen. Es ist eine Reduktion der Mittel, der Formen und Farben, und zwar auf das Wesentliche. Das Wesentliche steht und steht ein für all die Wesen, die wir zuvor gesehen und von denen wir gelesen haben. Die formale Abstraktion, die auf einem Blatt Papier stattfindet, hat ihre eigene Bildsprache geschaffen, deren Zeichen sich verselbstständigt haben und uns, wirklich, vor Augen führen, was keiner je gesehen. Gesehen und erschaffen, kopiert und abgewandelt, erfunden und berichtet: Alles das ist Welt; die Kunst selbst ist nichts als Welt und muss ihre sogenannte Welthaltigkeit nicht unter Beweis stellen.

In einem Katalog des Kunstmuseums Winterthur, der den Titel *Beastly/Tierisch* trägt, erwähnt Slavoj Žižek Heideggers Versuch der systematischen Unterscheidung von Mensch, Tier und Stein aus *Die Grundbegriffe der Metaphysik*. Der Mensch wäre »weltbildend«, das Tier wäre »weltarm«, der Stein schließlich »weltlos«. Wenn man bei Heidegger nachliest, muss ergänzt werden, dass er von einer Definition von Welt, die der Mensch »hat«, ausgeht, der Mensch selbst ist demgemäß »... nicht nur ein *Stück der Welt*, sondern ist Herr und Knecht derselben ...«. Der Mensch ist also Welt, er ist aber auch einer, der die Welt formt und gestaltet, und er ist außerdem einer, der von der Welt geformt und gestaltet wird. In erster Linie nicht in Abgrenzung voneinander, sondern in Relation zur Welt werden hier die Reiche unterschieden. Dass es Weltlosigkeit gäbe, setzt, hier vereinfacht ausgedrückt, die Annahme voraus, es gäbe etwas, das nicht Welt wäre oder nicht mit Welt in Bezug stünde. Wo so kartografiert wird, bleiben die Tiere weltarm – und sind darin vielleicht jener Kunst und Literatur wesensnah, der im Gegenzug dann Welthaltigkeit verordnet wird, als könnte die Grenze gezogen werden zwischen Kunst und Welt. »Aber einmal mehr vermengt sich die biologische Abstammung mit der literarischen, verschränkt sich das Gewebe des Lebendigen mit dem Text des Buches und setzt die metaphysische Opposition von Leben und Literatur, von Literatur und ihrem Außen, außer Kraft«, schrieb Sarah Kofman über den Kater Murr, der selbst schreiben lernt, und gemeindet das literarische Wesen, wo es aus der Welt verstoßen wurde, wieder ein. Carl von Linné unterscheidet in den Vorbemerkungen zur ersten Auflage des *Systema Naturæ* erstmals nicht zwischen Mensch und Tier und grenzt drei vermeintliche Naturreiche voneinander ab: »Die Steine wachsen. Die Pflanzen wachsen und leben. Die Tiere wachsen, leben und empfinden.« In der 10. Auflage aus dem Jahr 1758, auf deren zoologische Namensgebung sich die bis heute gültige binäre Struktur stützt – frühere Versionen und Vorschläge nicht weiterführend –, erweitert er dies wie folgt: »Steine: massive Körper, weder lebend noch empfindend. Pflanzen: organisierte Körper und lebend, nicht empfindend. Tiere: organisierte Körper, lebend und empfindend, sich spontan bewegend.« Diese Sätze klingen literarisch, zumal für eine naturwissenschaftliche Abhandlung, jedenfalls rhetorisch geformt durch Steigerung des Ausdrucks mittels Wortwiederholung und Begriffserweiterung. Als könnte man diese Kette an Naturreichen oder Klassen weiterbauen, je mehr Eigenschaften man aufzählen würde, wie bei jenem Gesellschaftsspiel, bei dem es darum geht, sich möglichst viele Dinge zu merken und aufzusagen, die man in einen Koffer packen und mitnehmen wolle. Georg Christoph Lichtenberg, ein jüngerer Zeitgenosse Linnés, schrieb in seinen sprachskeptischen Notizen, gesammelt in den *Sudelbü-*

chern, darüber, wie der richtige Gebrauch der Sprache – etwas klingt so einleuchtend und reimt sich gut – uns auch auf falsche Fährten bringen kann, die dann, einmal eingeschlagen, so bald nicht mehr verlassen werden. Er nennt dies den »Einfluß des Stils auf unsere Gesinnungen und Gedanken«. Lichtenberg bezeichnet Linnés Satz von den Steinen, die wachsen würden, schlicht als falsch, und er vermutet, die nachfolgenden Aussagen über das Wachsen der Pflanzen und Tiere hätten Linné, um dem rhythmischen Satzbau Genüge zu tun, dazu verleitet, auch die Steine als solchermaßen wachsend zu bezeichnen, doch das »... Wachstum der Steine hat keine Ähnlichkeit mit dem Wachstum der Tiere und Pflanzen«. Manchmal ist es demzufolge die Sprache selbst, die Kausalität erzeugt. Wie der Esel, den Lichtenberg erwähnt, der, einmal als störrisch bezeichnet, dieses Attribut nicht mehr los geworden ist und von seinen Besitzern auch so behandelt wird, als sei er wirklich störrisch, wo er doch einfach nur ein Esel ist. Das Wort störrisch klebt am Wort Esel, und dieses Aneinander-Kleben wird in der Sprachwissenschaft als »Kookkurrenz« bezeichnet, als ein häufiges gemeinsames Vorkommen innerhalb einer Aussage, dessen Bedeutung nicht mehr hinterfragt wird und in der Anwendung zur festen Floskel erstarrt. So bekommt der Esel seine menschlichen Eigenschaften zugeschrieben wie jedes Tier, das seinen Platz hat in Fabeln und Geschichten. Er heißt dort Langohr oder Boldewyn und ist eben störrisch und faul, und der Fuchs heißt Reineke und ist listig und schlau, und der Hase heißt Meister Lampe und ist ängstlich und vorlaut und so weiter. Derart stereotype Zuschreibungen mögen in späterer Konsequenz ein Fall für den Tierschutz sein, sie stellen aber zuallererst ein erzählerisches Mittel dar: Ohne dass vorher noch geklärt werden muss, um wen es sich handelt, wird den Verlauf der Handlung betreffend umstandslos eine klare Erwartungshaltung aufgebaut. Texte, die so verfahren, legen ihren Fokus nicht auf die sogenannte psychologische Figurenentwicklung, sondern sie setzen die Kenntnis einer Figur oder eines Stoffes bereits voraus. So verfährt die Fabel, das Märchen, der Schelmenroman, das Kasperltheater, jede Form von Zitat, Anspielung, Parodie – nur wer die Figur kennt, wird über das, was literarisch getrieben wird, lachen und weinen können. Auch die Literatur hat ihre spezielle Biologie, ein »Systema Litterarum«, entwickelt. Der Esel selbst hat darin nicht nur die Rolle des störrischen, sondern er ist auch ein trauriges Tier, das sich nämlich, wie Äsop schrieb, danach sehne, ein Pferd zu sein. Auch solche Mischwesen, die die Artengrenzen in ihrer Sehnsucht durchlässig erscheinen lassen, entstehen aus den Erzählungen, in denen Tiere eben die Protagonisten sind. Bei Linné heißt der Hausesel mit wissenschaftlichem Namen *Equus asinus asinus*, übersetzt gleichsam Pferd-esel-esel, Gattung und Art in den lateinischen Namen eingeschrieben. Der Name für eine Art, für eine Gruppe von Individuen mit charakteristischen gemeinsamen Merkmalen, wird immer kursiv geschrieben, der Gattungsname am Anfang groß und der Zusatz – botanisch als Epitheton, zoologisch als Artname bezeichnet – im zweiten Teil klein. Das Taxon mit der Endung »-idae« verweist auf den Namen einer Tierfamilie, »-aceae« auf den einer Pflanzenfamilie. Laut den Internationalen Regeln für die Zoologische Nomenklatur, die so etwas wie eine Grammatik der Natur erstellen, soll in einem wissenschaftlichen Text zumindest einmal neben dem Artnamen der Name des Autors stehen, der diese Spezies zum ersten Mal beschrieben hat, außerdem die Jahreszahl dieser Publikation. So sind diese Namen selbst wieder voller Verweise und Geschichten, und wenn Schriftsteller auch Schmetterlingskundler sind, dann mischt sich die Literaturgeschichte auch in die Lepidopterologie ein wie in einige Gattungen, Arten und Unterarten von Schmetterlingen, die Vladimir Nabokov systematisiert hat. Der *Cyclargus erembis*, auch Cayman Islands Blue genannt, ist so eine Art, oder, nicht von ihm entdeckt, aber ihm zu Ehren benannt, die Gattung der *Nabokovia*. In *Erinnerung, sprich* beschreibt Nabokov seine Faszination für die Täuschungsmanöver der Mimikry in der Natur und vergleicht diese mit den künstlerischen Erzeugnissen von Menschen, wobei er allerdings der Natur am Ende den Vorzug gibt: »In der Natur entdeckte ich die zweckfreien Wonnen, die ich in der Kunst suchte.« Die Flügel von Schmetterlingen, deren Pigmentierung, um sich die Fressfeinde vom Leibe zu halten, Augenflecke aufweist oder etwas Giftiges und Ungenießbares vortäuscht, beschreibt Nabokov als derart gekonnt und übermäßig ausgestaltet, dass sie seine Zweifel an Darwins These des »Kampfes ums Dasein« durch »natürliche Auslese« nähren. Laut Nabokov betreibe die Natur einen mit Darwin nicht begründbaren ästhetischen Aufwand, der übers Ziel hinausschieße, was den Schluss zuließe, es gebe eine Eigenberechtigung von Schönheit, die unsinnig und nutzlos – und dennoch vorhanden ist. Dabei sprach allerdings Charles Darwin selbst, in Bezug auf ausladende Geweihe oder fürs Überleben unpraktischen Federschmuck, wortwörtlich von Schönheit, nämlich »carried to a wonderful extreme« – zum Äußersten getrieben wie eine verschwenderische Mode oder eine schräge Marotte der Natur –, und begründete das Vorkommen dieser Erscheinungen weiterführend mit einem Distinktionsgewinn hinsichtlich der sexuellen Selektion. Demgemäß gilt Darwin auch die nackte Haut des Menschen, deren praktischer Nutzen nicht abschließend geklärt werden kann, überraschenderweise als »Ornament«, gleichsam konträr zum behaarten Körper des Affen, bei dem wiederum die Geschlechtsteile nackt sind. Im zweiten Band von *Die Abstammung des Menschen und die geschlechtliche Zuchtwahl* aus dem Jahr 1875, übersetzt vom Zoologen Julius Victor Carus, schrieb er: »Darin, dass ein theilweiser Verlust des Haares von den affenähnlichen Urerzeugern des Menschen für ornamental gehalten worden ist, liegt nichts Ueberraschendes, denn wir haben gesehen, dass bei Thieren aller Arten unzählige fremdartige Charactere in dieser Weise geschätzt und folglich durch geschlechtliche Zuchtwahl erlangt worden sind.« Nicht nur in der Wortwahl lassen sich, wie hier, Gemeinsamkeiten von Biologie und Ästhetik nachweisen, auch in der bildlichen Darstellung von Natur in Enzyklopädien und Lexika kommen gestalterische Ordnungsprinzipien zum Tragen. Die *Kunstformen der Natur* von Ernst Haeckel, um die Wende zum 20. Jahrhundert erschienen, zeigen Bildtafeln, die, ausgehend von der »Geometrie der Grundformen«, eine eigene künstlerische Ästhetik entwickeln mit Blick auf Linienführung, Farbwahl und Symmetrie. Ein bemerkenswerter Gestaltungswille – »sowohl die Zweckmäßigkeit als die Schönheit« – spricht aus diesen Zeichnungen, und eine fast obsessive Ordnungssucht. Sechsstrahlige Sternkorallen, Seeanemonen, Gesellige Algetten, Kammkiemen-Schnecken, Rotalgen, Lebermoose, Zehnfußkrebse, Scheibenquallen, Zapfenbäume, Borstenwürmer, Rädertiere, Wunderstrahlinge. Manche dieser Bezeichnungen und Wortneuschöpfungen sind allein Haeckel vorbehalten geblieben. Und auch in der Architekturtheorie findet sich wortwörtlich das Reden von der Evolution ständig wieder: In seinem Vortrag *Ornament und Verbrechen* aus dem Jahr 1908 kommt der Architekt Adolf Loos von den Tätowierungen auf menschlicher Haut über die »chinesische Schnitzkunst« auf den von ihm so verachteten »Renaissanceprunk« zu sprechen, um im Folgenden einen Verzicht auf Ornamentierung zu propagieren und einen solchen Verzicht zugunsten der glatten Oberfläche als Leistung innerhalb der kulturellen Evolution des Menschen zu interpretieren. Wie Darwin aber die nackte, glatte Haut selbst als Ornament zu bezeichnen, als eine Erscheinungsform innerhalb der gesamten Gestaltungsvielfalt, brächte die Kriterien zur Beschreibung von Kunst, Design und Handwerk ziemlich durcheinander.

Die Benennung der Arten ist ein Prozess, der bis heute andauert. Als Nabokov in der Familie der Bläulinge oder Lycaenidae die Gattung *Cyclargus* bestimmte, trennte er sie von der Gattung *Hemiargus*, obwohl es darüber unterschiedliche taxonomische Auffassungen gab. Auch die Benennung der Arten betreffend sind manche Namen als nicht valide oder legitim anerkannt, sofern andere Forscher nur von einer Variante innerhalb der Art sprechen. Der *Cyclargus erembis* (Nabokov, 1948) wurde durch die Lepidopterologen Johnson und Bálint nach Zweifeln innerhalb der Forschung Mitte der 1990er Jahre als Art – und nicht als Unterart – bestätigt. Im Internet findet sich eine Seite der Butterflies of America Foundation, die etwa 8000 Arten von Schmetterlingen versammelt und mit einem Vielfachen an Bildern dokumentiert. Eine Aufnahme aus dem Natural History Museum London zeigt den männlichen Holotypus, das typische Individuum dieses Schmetterlings, mit einer Nadel aufgespießt und fixiert, umgeben von acht kleinen Papierzettelchen, auf denen Notizen in Hand- oder Schreibmaschinenschrift verfasst sind. Auch Nabokovs Handschrift in schwarzer Tinte findet sich neben den älteren und neueren Anmerkungen anderer Lepidopterologen. Der *Cyclargus eremtis* ist ein helles Tier, seine Flügel haben weiße Kreise und ein paar kurze Linien und Felder auf beigefarben-hellbraunem Grund. Oder ist es eine hellbraune Zeichnung auf weißem Grund? Wenn die Flügel aufgespannt sind, misst der Schmetterling etwa 2,4 cm, wenn man daraufhin seine dunklere Unterseite betrachtet, die auch auf den Fotos dokumentiert ist, entdeckt man die Reste von blauem Pigment. Seine Fühler sind weder besonders lang noch besonders kurz und schwarz-weiß strichliert, seine Augen sind braun, und sie setzen sich einzeln noch fort als dunkelbraune Flecken auf seinen Flügeln mit jeweils einem einzelnen ockerfarbenen Ausläufer. Seine Oberfläche besitzt etwas leicht Pelzig-Behaartes, beinah Aschiges, ein wenig so, wie man es von manchen winterharten Pflanzen in den Bergen kennt. Kann ich mir in der Beschreibung eines Schmetterlings nur notdürftig mit Vergleichen behelfen, mit dem Aussehen von winterharten Pflanzen für die Beschreibung seiner Oberfläche? Entstehen die Mischwesen wie die »Thierpflanze«, von der Linné sprach, auch aus solchen sprachlichen Vergleichen? Im *Hortus sanitatis* abgebildet findet man ein Mandragora-Pärchen, eine Frau und einen Mann, aus deren Köpfen die Blätter und Blüten oder Beeren der Alraune wachsen. Die Alraune ist ein Nachtschattengewächs, dessen Blüten eine glockenförmige Blätterkrone ausbilden, die weiß, hellgrün und gelb bis violett oder blau gefärbt sein kann. Ihre kräftige Wurzel reicht tief in den Boden und wurde zur Zeit des Mittelalters nach dem Ausgraben geschnitzt und verziert, um sie als wundersame, heilende und gleichermaßen allwissende Alraune in Form von kleinen Männlein und Weiblein zu verkaufen. Beim Ausgraben war dabei höchste Vorsicht geboten, warnten die Brüder Grimm in ihrer Niederschrift der Sage vom Alraun, »... denn wenn er herausgerissen wird, ächzt, heult und schreit er so entsetzlich, daß der, welcher ihn ausgräbt, alsbald sterben muß«. Bilder von solchen menschlichen Wurzel-Figuren mit einer Frisur aus Blättern lassen sich mindestens bis zurück ins 6. Jahrhundert finden, im Herbarium des *Wiener Dioskorides*, einer späteren Übertragung, Neuzusammenstellung und Erweiterung von Dioskurides' griechischer *Materia medica* aus dem 1. Jahrhundert. Viele Jahrhunderte später, im 21. Jahrhundert, wird bei der Kieselalge mittels genetischer Analyse nicht nur die pflanzliche Form des Fettabbaus, sondern auch die tierische und ein tierischer Harnstoffwechsel nachgewiesen.

In den Sprichwörtern und Redewendungen, in der Literatur benimmt sich einer oder eine so oft »wie ein Tier«, macht Muh oder Mäh, spinnt sich ein in seinen Kokon, ist der Hahn im Korb oder wie ein Kaninchen vor der Schlange. Ist es diese Konjunktion »wie«, mit der die Verwandlung bereits einsetzt: Tier zu werden? Oder ist dieses Wie trügerisch, da es versteht, das Verhalten oder Aussehen von Menschen und Tieren erst durch den sprachlichen Vergleich ähnlich erscheinen zu lassen? Selbst die, die einander täuschend ähnlich sehen, sind manchmal nicht die Gleichen:

Konvergenz im Tierreich bezeichnet das Vorkommen von zwei einander zum Verwechseln ähnlich sehenden Arten, die sich aufgrund vergleichbarer Umweltbedingungen analog entwickelt haben – aber eben keineswegs miteinander verwandt sind. Über den aufsteigenden Flug der Schmetterlinge schrieb einmal die Dichterin Inger Christensen: »… wie Farbenstaub vom warmen Körper der Erde, / Zinnober, Ocker, Gold und Phosphorgelb …«, so als wären ihre Flügel Farbpartikel, die sich direkt aus dem Bodenstaub lösten. Aus der Not, und der literarischen Tugend, entsteht ein fragiles Mischwesen. Und aus der Beobachtung entstehen scheinbar kausale Zusammenhänge, wenn etwa das häufige Vorkommen von Fliegen in der Nähe von Mist und Kot den Schluss zulässt, Fliegen würden eben aus jenem Mist durch »Urzeugung« geboren, wie es noch Konrad von Megenberg in der Mitte des 14. Jahrhunderts in seiner Enzyklopädie *Buch von der Natur* schreibt, bei dem es sich im Wesentlichen um eine Übersetzung aus dem lateinischen *Liber de natura rerum* von Thomas de Cantimpré handelt. Der hat wiederum Aristoteles gelesen, was auch für die arabischen Gelehrten gilt, wie beispielsweise al-Dschāhiz, der Aristoteles übersetzt und im 9. Jahrhundert selbst ein Buch der Tiere, *Kitāb al-ḥayawān*, verfasst hat. Der Insektenforscher Shimon Fritz Bodenheimer hat die vielsprachigen Quellen in seinen umfangreichen *Materialien zur Geschichte der Entomologie bis Linné* zusammengetragen und 1928 publiziert. Ein anderes historisches Beispiel, das Bodenheimer wiedergibt, ist die Beobachtung, dass Läuse in den Haaren und unter der Kleidung leben, was den Schluss zuließ, diese entstünden aus dem verwesenden Schweiß und Schmutz des menschlichen Körpers. Soweit es der Mensch mit freiem Auge beobachten kann, sind diese Aussagen so wahr und gleichermaßen falsch wie die stilistisch guten Reime, die Lichtenberg beschrieb. Sie sind wie die Einhörner, künstlich zusammengefügt aus natürlichen Bestandteilen und Beobachtungen, und haben als Mischwesen die Kunst und die Literatur besiedelt. Es gibt sie, es gibt sie, so beschwört die Literatur mit Wörtern die Dinge und reibt sich die Augen dabei. Ein Ding ist ein Ding ist ein Ding, wie für Gertrude Stein im Gedicht *Sacred Emily* nämlich Rose eine Rose eine Rose ist, ein Name oder eine Idee oder Buchstabenmaterial oder ein Wort für eine Pflanze. »Die Aprikosenbäume gibt es, die Aprikosenbäume gibt es«, versichert sich, oder uns, Inger Christensen und baut ihr Gedicht fort, indem sie die Anzahl der Pflanzen und Tiere gemäß den Regeln der Fibonacci-Folge, so wie die Kaninchen sich vermehren oder die Schneckenhäuser wachsen, Eintrag für Eintrag wiederholt und erweitert, als müsste sie einen ganzen Koffer voll mit Aprikosen, Farnen, Brombeeren, Zikaden, Zedern und Zypressen packen. Als würde sie durch Benennung die Welt erst bauen. Wie wäre es, würden wir literarische Texte »mathematisch« lesen, wie Novalis es vorschlug? Wir würden Texte wie Natur lesen, insofern wir ihr Wachstum nachvollzögen und ihre Gestalt wahrnähmen, dabei dem Was der

Erzählung nicht sein Wie absprechend, endlich das gesamte Territorium durchstreifen. Währenddessen wächst Inger Christensens *alfabet* zu immer größerer Länge an und könnte fortgesetzt werden, bis einem die Tiere, Pflanzen, Steine und Wörter ausgingen.

Der Prozess der Evolution dauert an, und die Vielfalt wird größer, wo sich eine Art aufspaltet in zwei Arten; gleichzeitig muss vom größten Aussterben der Arten seit dem Verschwinden der Dinosaurier vor 66 Millionen Jahren gesprochen werden, heute verursacht durch den Menschen. Verschiedene Artkonzepte bringen unterschiedliche Angaben zur Anzahl der Tier- und Pflanzenarten hervor, die Arten vermehren sich auch mit der Beschreibung. Arten, Spezies, werden in der modernen Naturwissenschaft im Wesentlichen als Fortpflanzungsgemeinschaften beschrieben, die von anderen Gruppen reproduktiv isoliert und außerdem fähig sind, fertile Nachkommen hervorzubringen. Gleichzeitig wurde das Artkonzept selbst von Darwin in *Über die Entstehung der Arten*, erschienen 1859, relativiert und mit dem Begriff der Varietät mehr oder weniger gleichgesetzt. Die Kategorien von Domäne, Reich, Stamm, Klasse, Ordnung, Familie, Gattung, Art ordnen die Individuen einer Hierarchie zur Beschreibung der natürlichen Lebewesen unter. Ihre Einteilung ist dabei immer auch eine Konvention, die einmal auf der morphologischen Beschreibung von Struktur und Form gründet, ein andermal auf genetischer Analyse, molekularbiologisch. Ältere Zuordnungen und Beschreibungen werden teilweise revidiert, an anderer Stelle wird eine Öffnung in Richtung unscharfer Begriffe gefordert; die *Welt von A bis Z* lässt sich eben nicht so fein säuberlich ordnen, wie es der Titel eines bei Jugendlichen in den 50er Jahren beliebten Lexikons suggeriert. Zudem geht durch Vereinheitlichung der Grammatik der Lebewesen noch etwas verloren, es verschwinden auch die Volks- und Trivialnamen für Tiere und Pflanzen und die Bezeichnungen aus der Laien-Taxonomie. Auch Vladimir Nabokov plädiert in *Erinnerung, sprich* wortwörtlich für »elastischere Klassifikationsmethoden«. Ludwig Wittgenstein erläutert in den 1953 postum erschienenen *Philosophischen Untersuchungen* ausgerechnet am Beispiel von Tieren, nämlich von Schwänen, weißen, schwarzen, männlichen und weiblichen, seinen sprachphilosophischen Begriff von »Familienähnlichkeit«: Ähnlichkeit fasse etwas, das eben nicht identisch ist und sowohl Gleiches als auch, und das ist zu beachten, Ungleiches subsumiert. Das Wort Schwäne wird auf alle Schwäne angewandt, ohne dabei vorerst die schwarzen von den weißen, die männlichen von den weiblichen zu unterscheiden, auch nicht die schwarzen männlichen von den weißen männlichen, nicht die schwarzen weiblichen von den weißen weiblichen. Während die Umgangssprache der Verständlichkeit halber also die Begriffe, wie hier im Sprechen über Schwäne, vorerst sinnvoll reduziert, versucht die Biologie in der Beschreibung möglichst alle Unterschiede zu notieren und von der Spezies zur Subspezies zu gelangen.

Und doch muss ein System an der Aufgabe, jedes einzelne Individuum klassifikatorisch zu erfassen, scheitern. Michel Foucault gibt in *Die Ordnung der Dinge* eine »gewisse chinesische Enzyklopädie« wieder, die der Schriftsteller Jorge Luis Borges in einem literarischen Essay erdichtet hat: »a) Tiere, die dem Kaiser gehören, b) einbalsamierte Tiere, c) gezähmte, d) Milchschweine, e) Sirenen, f) Fabeltiere, g) herrenlose Hunde, h) in diese Gruppierung gehörende, i) die sich wie Tolle gebärden, j) die mit einem ganz feinen Pinsel aus Kamelhaar gezeichnet sind, k) und so weiter, l) die den Wasserkrug zerbrochen haben, m) die von Weitem wie Fliegen aussehen.« Hier wird alles vermischt, und wie beim Schiebepuzzle oder »Jeu de taquin« möchte man schon während des Lesens beginnen, die Kategorien neu zu ordnen. Die Sirenen zu den Fabeltieren, alle Herrenlosen neben alle, die einen Besitzer haben, die Lebenden neben die Toten, aber ständig stößt man an die Grenzen der Lösbarkeit dieser Aufgabe. Die, die von Weitem wie eine Fliege aussehen, tun sie das nicht alle? Und wer sieht sie da aus der Ferne? Und was ist mit diesem Verweis auf jene, die mit einem Pinsel gezeichnet sind, noch dazu aus Kamelhaar? Sind das noch Tiere? Oder sind das solche, die auf halbem Wege sind, solche, die sich der Kategorisierung entziehen, die unscharf sind, die – Tier werden?

Wo sich Arten durch Fortpflanzung definitionsgemäß eben nicht mischen, treffen sie in den Erzählungen oder im Volksglauben unvermindert aufeinander. *When species meet,* könnte das mit einem Buchtitel von Donna Haraway aus dem Jahr 2008 genannt werden, und sie beschreibt bereits die Berührung ihres Hundes mit der Hand als eine Form des »becoming with«, des »Gemeinsam-Werdens« und des »becoming worldly«, des »Welthaft-Werdens«. Was daraus entstünde, sind laut Haraway »verknotete Wesen«, und sie zählt darunter auch geklonte Schafe, Laborratten oder technisch ausgerüstete Tiere im Kriegseinsatz, jede Form von Cyborgs, also Mensch-Maschine-Verbindungen, bestückt mit Prothesen, Herzschrittmachern oder Mobiltelefonen, mit unter die Haut implantierten Datenchips oder digitalen Geräten als tragbarem Bestandteil der Kleidung. Mensch, Tier und Maschine berühren einander und formen so neue Körper, die sie als »Figurationen« bezeichnet: »Für mich waren Figurationen immer der Ort, an dem das Biologische und das Literarische oder das Künstlerische mit der ganzen Kraft gelebter Realität zusammentreffen.« Unsere Realität ist bereits voll von Mischwesen, so lautet die These von Donna Haraway, die in den neuen Kombinationsmöglichkeiten auch eine Chance sieht, den alten Geschlechterrollen zu entkommen. Was Menschsein bedeutet, wird, die Maschine als Teil des Körpers mitgedacht, erweitert. Der rhetorische Aufwand zur Unterscheidung von Mensch und Tier wird, wo so argumentiert wird, zunehmend hinfällig. Und gleichzeitig werfen solche philosophischen Überlegungen und die Entwicklung der technischen Möglichkeiten alte und neue ethische Fragen nach einer Grenzziehung und der

Notwendigkeit einer solchen auf. Es gibt einen Offset-Druck von Joseph Beuys von 1969, der eine Anzahl von aktiven Mitgliedern, nämlich Rentiere, Bären, Murmeltiere, Hirsche, Schneehühner, Marder und Beuys selbst, auflistet für *Eine Partei für Tiere*. Im Fall eines jahrelangen Rechtsstreits um Urheberrechtsverletzung vertrat eine weltweit tätige Tierrechtsorganisation ab dem Jahr 2015 eigenmächtig die Interessen des Makakenäffchens Naruto aus dem indonesischen Urwald, der ein Selfie mit der Kamera eines Fotografen geschossen hatte, die dieser unbeabsichtigt herumliegen lassen hatte. Erst 2018 wurde zugunsten des Besitzers der Fotokamera entschieden. Carolyn Christov-Bakargiev, die Leiterin der documenta 13, forderte im Jahr 2012, in Vorbereitung dieser internationalen Ausstellung für zeitgenössische Kunst, das Wahlrecht für Erdbeeren und Bienen. Wüsste man aus den mittelalterlichen Handschriften nicht von allerlei Tierprozessen, bei denen Tiere verschiedener Straftaten beschuldigt und verurteilt oder freigesprochen wurden, erschiene eine solche Idee der Rechtsfähigkeit von Tieren abwegig. Doch was würde es für die Menschenrechte bedeuten, würden auch Tiere und Pflanzen solche Rechte genießen? Und könnte man Tieren und Pflanzen auch vergleichbare Pflichten abverlangen? Wie würde die Erdbeere fürderhin dem Menschen begegnen? Und was bedeutete es für die Identität des Menschen, wenn die Erdbeere als wahlberechtigtes Gegenüber anerkannt würde? Wenn nicht mehr, wie im antiken römischen Recht, auf das sich unser heutiges Privatrecht stützt, zwischen Personen und Sachen – wobei auch Sklaven als Sachen galten – geschieden würde? Wüsste der Mensch etwas zu sagen über Regen und Sonne und den Verlauf des Tages, über das Baumeln an einem grünen Stängel und über die winzigen gelben Nüsschen, die auf der erst grünen und weißen, dann immer tiefer rot werdenden Haut sitzen? Wie würde es das Selbstbild des Menschen und die Beziehungen der Lebewesen untereinander verändern? Und was wäre dann mit demjenigen, der uns manchmal trügerisch weit entfernt erscheint, mit dem Homo ferus, dem wilden Menschen aus Linnés Beschreibung, der auf vier Beinen geht, der ohne Sprache ist und am ganzen Körper behaart? Und was mit jenem fremd-exotischen Wesen, das im Rätsel der Sphinx am Morgen vierfüßig, am Mittag zweifüßig und am Abend dreifüßig ist? Es wäre vielleicht ein Kinderspiel, wenn sogar die Erdbeeren Rechte hätten, jedem Menschen, nun aber wirklich, sein Menschenrecht zuzubilligen. Und lässt sich auf das Persönlichkeitsrecht übertragen, was in der bildenden Kunst als Konzept erprobt wird? *Selbstporträt als Zitrone* lautet der Titel einer kleinen Zeichnung der Malerin Maria Lassnig aus dem Jahr 1949. Die Dichterin Margret Kreidl schreibt, ausgehend von diesem Bildtitel: »Ich als Doppelkommode: schamrot, groß, sehr fest und / fleischig. Geschlecht oder Kopf? Das Herz klopft. Ich als / Sofa: Die Beine sind Schrauben, der Arm ist verschoben, / der Ellbogen fehlt. Körperbewusstsein! Ich als Telefon: Kopf / und Schlinge, kadmiumgrün. Ich als Schirm:

das Grau und / das Blau. Die aufgespannte Leinwand ist eine harte Unterlage. / Ich als Tisch: gebogen, gepresst. Quadratisches Körpergefühl! / Ich als Schrank: Sack und Asche, gestapelt. Ich als Flasche: / fast eine Pflanze. Die frische Farbe schmeckt süß. Große / Gefühlsmaschine! Ich als Staubsauger: warmrosa. Ich als / Hose: Der weiche Pinsel kitzelt. Ich als Schraubenzieher: / ausgeglühtes Grau. Die Hand ist ein Hohlzylinder. Ich als / Kochtopf: chromrotes Schlupfloch. Ich als Schneebesen: / sechs Sinne, Striche, messingfarben. Ich als Marmeladenglas: / verstreute Farbflecken. Die schwarzen Pflaumen wachsen / aus dem Glas. Ich als Zitrone: gelbe Striche, gelbe Linien. / Die Kerne sind groß. Ich als Tier: Feder und Pinsel. Das Blatt / ist voll. Der Vogel ist ausgeflogen. Ich als Wolke: sehr weiß / und ungeheuer oben. Ich als Frau: Es gibt ein Orange ohne Blau.« Die Zeilenumbrüche in diesem Gedicht finden einige Male vor oder nach einem »Ich als« statt, wie um darauf hinzuweisen, dass mit jedem Zeilensprung eine Metamorphose sich vollzogen hat. Das »Ich als« ist in den Geschichten, die sich Menschen erzählen, so etwas wie die Zauberformel für Fiktionalisierung. Mit dem Wörtchen »als« kann alles verwandelt werden. Nichts als Worte, die ausreichen, so wie es bloß Wörter, performative Verben, sind, die jemanden taufen oder zwei Menschen miteinander vermählen. Eine Wandlung wird vollzogen, die nicht nur sprachlich und auf das Ritual begrenzt ist, sondern gleichsam physisch und damit auch rechtlich wirksam wird. Es ist, als würde man mit dem

Wörtchen »als« im Mund alles, was seinen Weg über die Lippen findet, anhauchen können, und es würde zu Fell, zu Pelz, zu Schuppen, zu Federn. Die Animalisation wird sodann eingeleitet. Der Autor Giorgio Manganelli veröffentlichte Ende der 1960er Jahre einen Aufsatz mit dem Titel *Literatur als Lüge* und spricht darin von »Geschöpfen mit verfänglichem Haar«, wie es vermutlich nur die Harpyien sein können. Er plädiert darin für eine Literatur als Lüge, Spiel und Erfindung, zynisch, unmoralisch, anarchisch, utopisch, sich selbst ständig verwandelnd und neu formend, ja die Literatur selbst als ein »grausames und gefügiges Tier«. Die Auffassung von Literatur als »Weltanschauung« ist ihm dagegen ein Gräuel. Auch Vladimir Nabokov spricht in seinen *Vorlesungen über westeuropäische Literatur* über die Literatur als Lüge und Erfindung, und das sei es auch, was sie mit der Natur, dieser »Erzbetrügerin«, gemein habe: »Die Literatur wurde nicht etwa an jenem Tag geboren, an dem ein Junge mit dem Schrei ›Ein Wolf, ein Wolf‹ aus dem Neandertal gelaufen kam und er einen großen grauen Wolf auf den Fersen hatte: Geboren wurde die Literatur an jenem Tag, an dem ein Junge mit dem Schrei ›Ein Wolf, ein Wolf‹ gelaufen kam und er keinen Wolf auf den Fersen hatte. Dass der arme kleine Kerl am Ende von einem echten Untier gefressen wurde, weil er zu oft log, tut nichts zur Sache. Wichtig ist Folgendes: Zwischen dem Wolf im hohen Gras und dem Wolf im Lügenmärchen gibt es ein schimmerndes Bindeglied. Dieses Bindeglied, dieses Prisma, ist die Kunst der

Literatur.« Der Junge, der hier durchs Gras läuft, ist im Märchen vom Rotkäppchen bekanntlich ein Mädchen, das am Ende auch wieder, der Macht des Wortes sei Dank, aus dem Bauch des Wolfes geschnitten wird. Das Tier aber, das durch die Literatur läuft und Kinder frisst, ist ein möglichst glaubhaft geschildertes, dessen Fell, je nach Lichtstimmung, mitunter künstlich schimmert wie das Plüschfell eines Teddybären oder das sich sträubt wie das borstige Haar unseres Strobelkopfs. Das Tier, das erdichtet und erlogen ist, und am Ende doch Beute macht, ist ein Verweis auf die Gemachtheit von Literatur, die denen, die lesen, auch so etwas wie den Nabokovschen »Kunstsinn« und Vorstellungskraft abverlangt. Wer so unvorsichtig ist, sich von einer gut erzählten Geschichte ablenken zu lassen, den frisst das Untier des Textes.

Der Bürger als Edelmann, Der Bauer als Millionär, Selbstporträt als Essiggurkerl. Der kleine Vergleichspartikel »als« macht Unähnliches ähnlich und verkehrt die Welt wie im Karneval, wo die besten Geschichten der Taugenichts erzählt, der Untertan zum König wird oder der Mensch sich als Gemüse denkt. Michail Bachtin hat in seiner Romantheorie den Karneval beschrieben als Ritual der kathartischen Umkehrung aller Werte, indem durch Profanisierung, Exzentrizität, Familiarität und Mesalliance für die begrenzte Dauer einiger Tage die Gegensätze von Klein und Groß, Alt und Jung, Arm und Reich, Heiligem und Profanem, Mann und Frau vertauscht werden, und er hat diese Prinzipien, abseits des Festes, auch auf die Beschreibung und den Gebrauch der Stilmittel der Literatur übertragen. Wenn wir uns die Figuren des Karnevals und der alpinen Perchten-Umzüge ansehen, dann finden sich unter ihnen alle erdenklichen Mischwesen, janusköpfige, fratzenhafte, gefährlich-schöne. Der französische Fotograf Charles Fréger hat in seinem Bildband *Wilder Mann* die verkleideten Mischwesen Europas fotografiert, die, meistens im Winter, in Gruppen lärmend durch die Straßen ziehen, um die kalte Jahreszeit auszutreiben und den Frühling einzuläuten. Mit ihren Ruten aus Reisig oder Stroh kehren sie die Stuben aus, strafen die Kinder und jagen den Frauen hinterher, die sich ihrerseits einen Spaß daraus machen, die Maskierten und Verkleideten zu ärgern. Oft tragen diese wilden Männer Tiermasken, sind in Felle gekleidet, haben riesige Ohren oder Hörner, eine lange Zunge, einen Schweif aus Tierhaar, sie haben Ketten und Glocken dabei, und sehen so, als Personifikation des Bösen, möglichst furchteinflößend aus. Ihre Masken, aufwändig geschnitzt, kommen nur einmal im Jahr zum Einsatz, sie werden erst durch das Tragen lebendig, wenn der Läufer mit seiner Tiermaske gleichsam verwächst. In *Wilder Mann* findet man sie abgebildet, die vielen, die aus dem Alpenraum kommen, und all die anderen, von Finnland bis Griechenland, von Portugal bis Polen und Rumänien: die Wilden aus Tirol mit ihren Holzmasken, einem Bart aus Rosshaar und Löchern für die Augen, aus denen das Schwarze einem entgegenblickt. Das Gewand aus grünen, trockenen Flechten, in ihren Händen Stöcke und Wurzeln. Die Krampusse aus Salzburg mit ihren schwarzen Zotteln am Körper, den riesigen Kuhglocken am Gürtel, dem Rossschweif als Peitsche, den Hörnern über der schmerzverzerrten Fratze. Die slowakische Ziege und der Bär in Menschengröße, schwarz und grau, mitten im Schnee stehend. Der Tod im weißen Gewand mit seinem Vogelschnabel, die beinah surreal aussehenden Springer aus Tschechien, deren Mimik ganz von bunten Farbbändern verdeckt wird, die Ahnen aus Polen, die von geflochtenen Strohzöpfen umwickelt sind und die Gesichter mit Pelz oder Stoff verdeckt haben, die Bären und Männer aus der deutschen Schwarzwaldregion, gekleidet beinah ganz in Stroh, Reisig und Heu. Der traurige menschliche Tanzbär aus Rumänien, auch dort wieder aufrecht gehende Ziegen, diesmal mit bunten Teppichen behängt, und die Hässlichen, genannt Urati, die Trachten tragen und deren Wangen von Fell überwuchert sind. In Sardinien die als Hirsche verkleideten Männer und Kinder. Und endlich einmal findet sich auch ein Mädchen unter all den Wilden, als es, um fotografiert zu werden, seine Maske über die Stirn nach hinten gezogen hat. Andere haben ihre Augen, Nasen und Münder hinter Ästen und Blättern versteckt, mit Ruß verschmiert, sie tragen Knochen auf dem Rücken, Tücher um den Kopf, und immer wieder Glocken, Schellen, Ruten, Stöcke bei und mit sich. In Mazedonien sind die Tierlarven mit buntem Schmuck, Perlen und Zähnen behängt, in Bulgarien mit Federn beklebt. Dort kommen

auch die Babugeri her, die den ganzen Körper mit Fell überzogen haben. Das lange schwarze, weiße und braune Haar
hängt bis zum Boden, der Kopf ist ein einziger hoher Fell-
turm, der dieses augenlose Wesen etwa um die Länge seines
Rumpfes nach oben streckt. Eine solche Verkleidung trägt,
nachdem er die Kunsthaarperücke abgelegt hat, auch die Figur des *Toni Erdmann* in Maren Ades gleichnamigem Film
aus dem Jahr 2016, bevor er in der Hitze der Großstadt zu-
sammenbricht, geplagt von der Schwere des Kopfaufsatzes.
Es ist eine Szene, in der sich Tochter und Vater das erste Mal
im Film nah sind und einander innig umarmen. Vielleicht
ist das nur möglich, als der Vater unter Maske und Kostüm
zur Gänze unkenntlich geworden ist und sich gleichzeitig
vor seiner Tochter und ihren Bekannten lächerlich gemacht
hat. Auch in *The Square*, einem Film des schwedischen Re-
gisseurs Ruben Östlund aus dem Jahr 2017, ist eine Szene für den plötzlichen Wandel der Handlung ausschlagge-
bend, in der ein Mann sich zuerst spielerisch, dann immer
bedrohlicher zum Affen macht. Der Mensch im Tiergewand
ist einer, der sich ermächtigt, auf seine natürlichen Instinkte
und auf seine Stärke zu vertrauen, frei von den Anforderun-
gen der Zähmung, der gleichzeitig aber auch herabgestuft
wird auf den Status eines Tieres, zur Kreatur, zum Schimpf-
wort. Ohne das Glockenläuten, ohne den Lärm, ohne den
Katzenjammer, ohne das Kreischen und Pfeifen, das all diese
Umzüge wesentlich begleitet, wirken diese ohnehin sprach-
losen Ungetüme, freigestellt, so traurig, so einsam, so herz-

zerreißend lächerlich und wunderschön. John Berger spricht in seinem Aufsatz *Warum sehen wir Tiere an?* aus dem Jahr 1977 davon, dass Tiere und Menschen »sowohl gleich als auch ungleich« seien, und dass zwischen beiden so etwas wie ein »schmaler Abgrund des Nicht-Verstehens« liege. Wieso gibt es diesen schmalen Abgrund zwischen Mensch und Tier? Berichten diese Menschen im Bärenfell von einem Verlust von Nähe – oder von einer Distanz, die schon immer auf die eine oder andere Art und Weise bestanden hat? Von Wildnis und Zähmung vielleicht? Von einem gestalterischen Aufwand, der einen staunen lässt, in dem aber auch etwas von melancholischer Vergeblichkeit steckt? Das Schöne und das Hässliche zeigen sich da so ununterschieden und augenfällig. In Spanien hängen die Menschen Nüsse und Früchte an ihre Kostüme, bekleben sie mit Moos oder ziehen sich Leinensäcke über, ausgestopft mit Stroh, daran Jutefetzen, Farne, wieder Stroh, wieder Blätter. Der Burryman aus Schottland ist über und über mit Kletten überzogen, trägt Blumenschmuck auf dem Kopf und Blumensträuße, auf Stöcke gebunden, in seinen Händen. In Südtirol zeigen die Schnappviecher ihre blechernen Zungen. In Kroatien gibt es noch einmal diese in weißes Schafsfell gehüllten Figuren, die wie die Krampusse aus den Alpen aussehen. Wir entdecken sie wieder auf den Fotos von Charles Fréger, und sie stehen da und blicken zum Meer hinaus. Zu all diesen Tierwesen gehört auch immer ein Tierbändiger, der die Tiere dann bei den Umzügen an der Leine führt, antreibt oder zur Mäßigung anhält. Der Mensch, der unter der Maske des Tieres sein Gesicht verbirgt, muss erst recht im Zaum gehalten werden.

Die frühesten Höhlenmalereien zeigten bereits Menschen mit Tiermasken und zahlreiche Tiere, die die Nahrungsgrundlage oder Lebensumgebung der Menschen bildeten, darunter Eulen, Bisons, Löwen, Vögel, Bären. Die Tiermaske sollte dem Schamanen helfen, in Trance zwischen den drei Welten der Lebenden, der Toten und der Geister zu vermitteln, so liest man es beispielsweise auch im Naturhistorischen Museum in Wien. Dort ist eine Abbildung des »Zauberers« oder »tanzenden Schamanen« aus der Höhle Les Trois-Frères in Südfrankreich ausgestellt, einer Felszeichnung aus Kohle und eingravierten Linien von etwa 13 000 v. Chr., die eine Art Hirsch im Profil mit frontalem Eulengesicht und Bart darstellt, mit Bärenpranken, Pferdeschweif und anthropomorphen Hinterläufen. Diese Mischung ist derart vielgestaltig, dass man in den Beschreibungen des Zauberers unterschiedliche Benennungen und Zuordnungen findet. Die erste Zeichnung fertigte der Forscher und Priester Abbé Breuil Anfang des 20. Jahrhunderts an, davon ausgehend verbreiteten sich Darstellung, Namensgebung und Interpretation. Fotografische Aufnahmen der Felszeichnung, die in jüngerer Zeit angefertigt wurden, unterscheiden sich stark von Breuils Aufzeichnungen. Abbé Breuils vermeintlich ungenaue Wiedergabe erklärt sich aus der Entfernung von der Vorlage, die drei Meter hoch über dem Boden angebracht ist, und dem schwachen Gaslicht, das er beim Zeichnen zur Beleuchtung der Höhle benutzt hatte. Die Figur des Zauberers hinreichend zu beschreiben ist angesichts seiner vieldeutigen, chamäleonartigen Zusammensetzung ohnehin nicht einfach zu bewerkstelligen, und hinzukommt, dass seine Darstellungen voneinander abweichen, weil viele Publikationen sich auf die erste Zeichnung von Abbé Breuil gestützt haben, ohne dass die Autoren und Autorinnen die Höhle je selbst besichtigt hätten. Dem ist entgegenzuhalten, dass Höhlenzeichnungen auch zur Zeit ihrer Entstehung stets nur im Licht eines Feuers zu sehen waren und sich auch durch das Flackern desselben in ihrer Gestalt, abhängig von den unregelmäßigen Formen des Steins als Bildträger, immer ein wenig bewegten und veränderten, gewissermaßen animiert wurden. Auch die Fotografie später kann diesen Eindruck nicht vermitteln, sondern erst der Film führt vor, wie beweglich die vermeintlich starren Bilder sind. Das Medium der Fotografie veranschaulichte allerdings den Umriss mancher Dinge zum ersten Mal, wie die einzelnen Phasen eines Bewegungsablaufs, die Eadweard Muybridge in der frühen »Chronofotografie« festgehalten hat. 1887 veröffentlichte er seine Bilder als Buch unter dem Titel *Animal Locomotion: An Electro-Photographic Investigation of Consecutive Phases of Animal Movements*. Wie Pferde im Detail ihre Beine beim Galopp bewegen, und ob sie dabei jedesmal ein Bein auf dem Boden haben oder nicht, war vor der Erfindung der Fotografie mit dem menschlichen Auge nicht wahrzunehmen. Muybridge brachte die Einzelbilder des Galoppierens mittels »Zoopraxiskop« zum Laufen und projizierte sie als frühe Filme an die Wand. Durch manuelles Kurbeln geraten die Bilder in Bewegung, und es wird die Verwandlung derselben in Gang gesetzt.

Ovid beschrieb vor über 2000 Jahren in seiner *Ars amatoria* den liebenden Menschen notwendigerweise als Verwandlungskünstler: »Wer klug ist, wird sich unzähligen Wesensarten anpassen können und wie Proteus sich bald zu fließendem Wasser verflüchtigen, jetzt ein Löwe, jetzt ein Baum, jetzt ein borstiger Eber sein. Manche Fische fängt man mit der Harpune, andere mit dem Angelhaken, wieder andere werden von geräumigen Netzen am strammen Seil fortgeschleppt.« Der Liebende wird zum Tier, zum Jäger, gar zur Pflanze, und darin ist er gottgleich, nämlich gleich dem Meeresgott, dessen Aussehen und Gestalt sich nicht fixieren lassen. Es gibt, was Proteus betrifft, keine Darstellungskonvention innerhalb der bildenden Kunst, denn man kann sich kein Bild von ihm machen, oder man macht sich unzählige von ihm. Dreiköpfig ist er dann, mit Schlangen an jedem Finger, Flügeln, Fellwuchs am Oberkörper, Schuppen an den Beinen, die zu den Füßen hin wieder zu zwei Schlangen oder Aalen werden, einer mit Fischflosse am Ende. Oder mit nacktem menschlichen Oberkörper, Bart im Gesicht und einen Dreizack in der Hand, den Fluten des Meeres trotzend. Etwas, das wie Proteus alles und jedes sein kann, ist nicht mehr darstellbar. Eine solche Wandlungsfähigkeit ist ein ständiges Morphing, ein ununterbrochenes Werden, das dem einzelnen Bild die Signifikanz raubt. Nur im Ablauf der Bilder, für die Dauer einer Zeitspanne gesehen, ist Metamorphose wahrnehmbar. Ein lebendiges Bild kann nicht festgehalten werden, oder ein festgehaltenes Bild kann nicht lebendig sein. Es gibt eine Notiz von Kafka an seinen Verleger, in der er sich dagegen verwehrt, eine Illustration auf den Umschlag seines Buches drucken zu lassen, die Gregor Samsa darstellen würde, der »eines Morgens aus unruhigen Träumen erwachte« und »sich in seinem Bett zu einem ungeheuren Ungeziefer verwandelt« fand. »Das Insekt selbst kann nicht gezeichnet werden«, gebot Kafka, der das Insekt doch so eindringlich beschrieben hat in *Die Verwandlung*. Gregor Samsa wird im Text zum Tier, manches ist anfangs noch menschlich an ihm, manches bereits käferartig, aber eindeutig klassifizierbar ist er als ein Textwesen, ein Tier aus Buchstaben und Wörtern. Unbeirrt von Kafkas Bilderverbot und Argumentation gegen eine zoologische Einschränkung hat es immer wieder Versuche gegeben, Gregor Samsa als Küchenschabe, Wanze oder Krustentier zu bezeichnen, bis Nabokov in seinen Vorlesungen das Auditorium schelmisch darüber aufklärte, dass es sich laut Beschreibung nur um einen riesigen Käfer mit menschlichen Augen und Lidern handeln konnte. Zwei schematische Skizzen davon finden sich in Nabokovs persönlichem Leseexemplar. Die Wandlungsfähigkeit von Kafkas Kreaturen beschrieb Walter

Benjamin in einem Aufsatz 1934, *Zur zehnten Wiederkehr seines Todestages*: »Keine hat ihre feste Stelle, ihren festen, nicht eintauschbaren Umriß: keine die nicht im Steigen oder Fallen begriffen ist; keine die nicht mit ihrem Feinde oder Nachbarn tauscht; keine welche nicht ihre Zeit vollbracht und dennoch unreif, keine welche nicht tief erschöpft und dennoch erst am Anfang einer langen Dauer wäre. Von Ordnungen und Hierarchien zu sprechen, ist hier nicht möglich.« Die Tiere, »animaux«, formt Derrida in seiner Schreibweise um zum »animot«, die Tiere als Wort. Die Tiere sind, wenn wir über sie sprechen, auch ein Begriff, auch eine philosophische Denkfigur, auch ein Zeichen. Schneller und schneller drehen wir die Kurbel am Zoopraxiskop, bis uns schwindlig wird vom Tanzen der Bilder. Es sind die grellsten unter ihnen, die unser Sehen und unsere Wahrnehmung ausreizen und überfordern. »Tier-Werden« ist bei Deleuze und Guattari, neben »Intensiv-Werden« und »Unwahrnehmbar-Werden«, nur eine Form des Werdens. Es ist die Forderung nach einer Schreibhaltung, die sich innerhalb der Übergänge und Zwischenbereiche bewegt. Werden ist ein Verb, eine Tätigkeit, die nicht sein bedeutet. Ich schreibe »Tier werden« als zwei Wörter, getrennt voneinander, nicht durch einen Bindestrich zusammengesetzt. Ich schreibe »Tier« groß und »werden« klein. Wenn ich Tier werde, bin ich nicht Tier. Ich befinde mich im Übergang. Das Tier, das Mensch wird, befindet sich in anderer Weise in einem solchen Übergang. In Kafkas *Ein Bericht für eine Akademie* oder E. T. A. Hoffmanns *Lebens-Ansichten des Katers Murr* muss das Tier, manchmal tragisch, manchmal satirisch erzählt sich bilden, einfinden und abmühen, um annähernd menschengleich zu werden. Nur durch Dressur findet die Menschwerdung statt, die doch bloß Travestie bleibt, solange der Affe ein Fell hat. »Wenn es die Affen dahin bringen könnten, Langeweile zu haben, so könnten sie Menschen werden«, ist in Goethes *Maximen und Reflexionen* zu lesen. Bei früheren Autoren findet man die Distanz zwischen Tier und Mensch beschrieben als dieselbe wie zwischen Mensch und Gott, manchmal auch wie zwischen Mensch und Engel, diesem menschlichen Wesen mit Vogelflügeln. Die Natur wurde gedacht als eine Gliederkette ohne Lücken, die »scala naturae« oder »große Kette der Wesen«, in der hierarchisch eins aufs andere folgte, was bis heute die Idee von niederen und höheren Lebewesen prägt. Wo etwas fehlte oder offen blieb, musste etwas eingepasst werden, so entstand die Benennung von »Thiermenschen«, »Thierpflanzen« und allerlei Mischwesen. Zwischen Tiermensch und Menschtier gerät die Bewegung der Bilder ins Stocken. Es ist kein übergangsloses Morphing, es ist vielleicht eher ein Flackern oder ein aporetisches Kippbild, das einen Widerspruch zeigt. In *Das Offene. Der Mensch und das Tier* nennt Giorgio Agamben dies die »beiden Gesichter derselben Bruchstelle, die weder von der einen noch von der anderen Seite her geschlossen werden kann«. Das Monster aber, es füllt diese leeren Zwischenräume zwischen zwei Wesen, zwei Klassen, zwei Arten, schreibt der Literaturwissenschaftler Roland Borgards im Sammelband *Monster. Zur ästhetischen Verfassung* eines *Grenzbewohners*, und er zählt gewissermaßen auch den Affen dazu, wie er in Berichten der ersten Forschungsreisenden vorkommt, »weder animalisch, noch human« und dem Menschen gerade wegen seiner optischen, physischen »Menschenähnlichkeit« suspekt. In der Linguistik gibt es mehrere Thesen, was eine Metapher, dieses Stilmittel, das einen Begriff durch einen anderen ersetzt, denn eigentlich sei. Ob die beiden Begriffe etwas Vergleichbares teilten, einen Kontext, der mithilfe der Metapher nicht extra genannt werden muss, oder ob hier zwei Dinge zusammengebracht würden, die gerade nichts Vergleichbares teilten. Die Beschreibung der Metapher als etwas, das eine semantische Lücke fülle, scheint jedenfalls dem Monsterbegriff des Grenzbewohners – Nietzsche beschrieb die Metapher als »Grenze der Sprache zur Wirklichkeit hin« – nahezukommen. Der Kulturhistoriker Mustafa Haikal hat zahlreiche Abbildungen aus den Beständen der Universitätsbibliothek Leipzig im Ausstellungskatalog *Unheimliche Nähe. Menschenaffen als europäische Sensation* versammelt und erläutert. Viele der frühen Abbildungen zeigen Affen mit menschenähnlichen Gesichtszügen, den Körper aufrecht, mit einem Gehstock, wie auch der Strobelkopf einen bei sich trägt. Lithografien aus der Mitte des 19. Jahrhunderts zeichnen das Bild des Gorillas dann als zähnefletschendes Ungeheuer mit schlaffen Lippen und aufgedunsenen Körperteilen, dessen Darstellung sich schlicht aus der Tatsache, dass die Tiere nur noch als in Spiritus eingelegte Präparate bei den Zeichnern angelangt sind, ergeben hat. Wo der Mensch den Affen beschreibt, beschreibt er diesen nächsten Verwandten, den Schimpansen, den Gorilla, den Bonobo, immer in Abgrenzung zu sich selbst, und er spricht, wenn er über Tiere spricht, verdeckt doch nur wieder von sich. Der Affe ist dann das wilde Alter Ego, das einmal als Riesengorilla *King Kong* seinen zerstörerischen und sexuellen Trieben freien Lauf lässt, ein andermal vom Menschen vor dem Aussterben gerettet werden muss. Gorillas stellen mittlerweile für Naturschutzorganisationen eine solchermaßen bewahrenswerte »flagship species« dar, charismatisch genug, um stellvertretend für andere, wenig beachtete Tiere aus seinem Lebensraum gleichsam als Werbegesicht dienen zu können. Im Tierschutz beliebt sind Arten, die Augen und Fell haben, deren Verhalten als menschlich beschrieben wird und die uns verwandt sind. Vom Physiognomiker Johann Caspar Lavater gibt es eine Reihe von Studien, Ende des 18. Jahrhunderts veröffentlicht, die eine lückenlose Entwicklung vom Tier zum Menschen hin nahelegen. Dabei illustrieren zahlreiche Bildtafeln seine Annahmen und zeigen, um nur ein Beispiel beliebig herauszugreifen, das Gesicht eines Frosches und das eines Menschen in zwölf Zwischenschritten, inklusive Vermessung der Gesichtspartien und dem Versuch, daraus Schlüsse auf den Charakter, das Seelenleben, die Begabung, die Intelligenz eines Menschen zu ziehen. Ohne eine direkte Entwicklungslinie zwischen Frosch und Mensch zu behaupten, erfand Lavater in seinen Zeichnungen doch monströse und unfreiwillig komische Mischwesen, als zeigten sie einzelne Stadien einer Transformation von der Animalität hin zur Humanität.

Es gibt ein Kartenset der Wiener Spielkartenfabrik Ferd. Piatnik & Söhne mit dem Namen *Komische Tiere*, früher *Tier-Lege-Spiel*, das man als Kind noch in den 80er Jahren spielen konnte. Die Illustrationen sind aus den 50er oder 60er Jahren und stammen von Willy Mayrl. Abgebildet sind Tiere, teilweise in Menschenkleidung, rauchend, singend, rechnend, zähneputzend, eine Ente trägt einen Matrosenhut, ein Bernhardiner das Stethoskop eines Doktors, ein fröhlicher Affe ein fröhliches Mützchen, gelb-rot-gestreift. Diese Abbildungen sind vertikal einmal in der Mitte durchgeschnitten, sodass man die Körperteile umsortieren und neu zusammensetzen kann. Der Tiger bekommt den Ringelschwanz eines Schweinchens, der Hase mit heraushängender rosa Zunge den schweren Körper eines Bären, der noch dazu eine Kochjacke trägt. Es geht bei diesem Spiel eigentlich um nichts anderes als um ein probeweises Kombinieren der Arten bei gleichzeitiger Vermenschlichung. Das Eichhörnchen kann die Nuss nicht mehr selbst knacken, daher hält es nun einen Hammer in der Pfote. Das Zebra bekommt Pinsel und Farbe beigestellt, denn vielleicht hat es seine Streifen selbst gemalt. Der Esel lernt rechnen an der Tafel, denn er ist gar nicht mehr störrisch. Der Bär schleckt

Honig aus Gläsern, denn ein Bär schleckt Honig, das wird immer so sein. Eine Maus mit Kleid und Masche am Ohr darf nicht fehlen. Es gibt auf diesen Karten mit ihren komischen Tieren aber auch kleine Nebenschauplätze, von wo aus sehr kleine Tiere die größeren dirigieren und antreiben. Es sind aufrecht stehende Frösche in Hose und T-Shirt, es ist aber manchmal auch nur eine Biene, die um den Honig schwirrt, oder ein Hirschkäfer, der einen jungen Hirsch in die Nase zwickt. Als wären die Bilder allesamt Visualisierungen von Wortspielen und Phrasen. Aber es gibt auch noch andere Wesen, die sich auf diesen Nebenschauplätzen tummeln, sie sehen aus wie winzige Menschen, haben aber zusätzlich kleine kurze fleischfarbene Fühler am Kopf, die sie ein wenig zu Käfern machen. Diese winzigen Käfermenschen arbeiten unermüdlich für die komischen Tiere in diesem Kartenspiel, für diese zwangseingemeindeten Exoten, sie halten dem Krokodil die Zahnbürste oder servieren dem Kamel ein Glas mit Saft, denn es ist heiß in der Wüste. Die Möglichkeiten, ein fantastisches Wesen, ein Monstrum aus der Kombination unterschiedlicher vorhandener Körperteile zusammenzusetzen, schrieb Jorge Luis Borges einmal, »grenzen ans Unendliche«. Es gibt unzählig viele Möglichkeiten, und sie reichen hinein ins Unendliche, wo wohl nur die Erdrandbewohner und die Wundervölker zu Hause sind. In seinem *Buch der imaginären Wesen*, publiziert in den 1960er Jahren zusammen mit Margarita Guerrero, findet sich neben Kentauren und Einhörnern auch eine

Harpyie wieder, außerdem mehrere Wesen, die wie Begleiter oder Totemtiere zu Schriftstellern gehören, zum Beispiel ein »von Kafka erträumtes Tier«. Im Lexikon-Eintrag zu diesem Tier wird aus Kafkas *Hochzeitsvorbereitungen auf dem Lande* wörtlich zitiert: »Das Tier ist känguruhartig, aber uncharakteristisch im fast menschlich flachen, kleinen, ovalen Gesicht, nur seine Zähne haben Ausdruckskraft, ob es sie nun verbirgt oder fletscht. Manchmal habe ich das Gefühl, daß mich das Tier dressieren will …« Wenn, wie bei Kafka, nicht ich das Tier dressierte, sondern, umgekehrt, das Tier mich, würde in der Folge ich zum Tier? Und sprechen diese Kombinationsmöglichkeiten, spricht dieses Montieren von Bildern und Wörtern, nicht von einem ständigen Prozess des Werdens? Wo die Arten einander begegnen, tun sie das auch in einem Aufeinandertreffen innerhalb der Sprache, in einem Zusammenwachsen von Wörtern, was aufeinandertrifft, kookkurriert wie der Esel mit dem Störrischen und der Bär mit dem Honig. Die Mischwesen lassen sich in beinah unendlich vielen Kombinationsmöglichkeiten zusammensetzen, und sie ergeben als Text dann in etwa *Hunderttausend Milliarden Gedichte*, wie Raymond Queneau sein 1961 publiziertes Buch nannte, dessen Blätter horizontal so in Streifen geschnitten sind, dass man sich die Seite, je nachdem, wie weit man blättert, Zeile für Zeile neu zusammenbaut.

Die Bilder der bekanntesten Mischwesen, Chimären und Dämonen sind uns geläufig, und sie finden sich in Bildern und Geschichten wieder, in Wappen, auf Fahnen und Flaggen, in Firmenlogos und so weiter. Es sind die Darstellungen all der Götter und Totemtiere aus den verschiedenen Kulturen, die Bilder des ägyptischen Totengottes Anubis mit dem Kopf eines schwarzen Hundes, die Bilder von Engel und Teufel, die Bilder des Drachen, der Sphinx mit Frauenkopf, Löwenkörper und Flügeln, des Einhorns, des Basilisken mit Hahnenkopf und Drachenkörper, des Kentauren, halb Pferd, halb Mann, und des Greifs, dieses Löwen mit Vogelkopf und Flügeln. In der antiken griechischen Mythologie ist es den Göttern vorbehalten, sich in Tiere zu verwandeln. Griechische Vasen aus der Zeit um 500 v. Chr. zeigen Dionysos, umgeben von Tieren, außerdem Tierchöre, als Tiere verkleidete Menschen, die in der griechischen Komödie in Formationen auftraten und tanzten, und Flötenspieler, die auf Delphinen reiten. Der Mensch ist bei Aristoteles ein »Zoon politikon«, ein Lebewesen, in dem das Gemeinschaftliche von Natur aus angelegt sei, die Tiere dienen dabei bis heute als Vergleich hinsichtlich Herdenbildung, Schwarmverhalten oder auch, wie die Ameisen und Bienen, Organisation eines Staates. *Die Vögel* ergreifen bei Aristophanes die Staatsmacht, bei Orwell führen die Haustiere die *Animal Farm*, bei Hitchcock attackieren Möwen, Sperlinge und Krähen den Menschen. Die Verwandlungen von Menschen in Tiere werden in Ovids *Metamorphosen* meist als Strafen verstanden, die über jene verhängt werden, die Unrecht getan haben. Im Mittelalter herrschte der Glaube vor, sogenannte Monstrageburten, Neugeborene mit körperlichen Fehlbildungen, in Zeichnungen oft dargestellt als Teufel mit Hörnern, Krallen und Bocksbeinen, seien die Strafe für die sexuelle Vereinigung von Mensch und Tier, in anderen Deutungen werden diese Monster auch als Vorboten, Warnungen, Wunder oder auch als Auszeichnung und Belohnung interpretiert. Von Vermählungen von Mensch und Tier wird in den Märchen erzählt, von Menschen, die sich in Tiere verwandeln, den Therianthropen, den Vampiren, den Werwölfen, die nachts schwangere Frauen überfallen. Von den Kindern, die unter Tieren aufwachsen, *Tarzan bei den Affen*, Mogli aus dem *Dschungelbuch* bei den Wölfen, befreundet mit einem Bär und einem Panther. Und es gibt all die Tiermenschen in den Geschichten, die für Ängste oder Verführungen stehen, all die Opfertiere, all die Labortiere, all die Begleiter, all die Ersatzpartner. All die Masken, all die Körperbemalungen, all den Schmuck, den Menschen tragen, um sich zu kleiden und sich zu verkleiden. All ihre Vornamen und Sippennamen, die sich von den alten Namen der Tiere ableiten. In den Fabeln und Märchen, in Filmen und Comics sprechen die Tiere wie Menschen oder sind wie Menschen gekleidet. Orpheus versteht die Sprache der Tiere, Siegfried die Sprache der Vögel, Franz von Assisi predigt zu ihnen. Der *Rattenfänger von Hameln* lockt die Ratten aus den Städten, und die Kinder folgen ihnen. Bei *Alice im Wunderland* ist es ein Kaninchen, das Alice als Bote zwischen den Welten ins Reich der Erfindung führt, wo Sprichwörter und Redewendungen noch wörtlich genommen werden. Bei Maurice Sendak in *Wo die wilden Kerle wohnen* wächst in Max' Zimmer, auf das er ohne Abendessen geschickt wird, ein Urwald, nachdem er sich, in sein Wolfskostüm gekleidet, schlecht benommen hat, und er segelt mit dem Boot dorthin, »where the wild things are«. In Kinderbüchern wimmelt es nur so von gezeichneten und beschriebenen Tiergestalten, in denen das Tier, das aus der Wildnis kommt, verharmlost oder dämonisiert, bewundert oder bezwungen wird. Vielleicht lässt sich auch zwischen den Teddybären als Kinderspielzeug und den dressierten Tanzbären, die seit dem Mittelalter im Zirkus und auf Jahrmärkten auftraten, eine Art von Verwandtschaft nachweisen. Im Film *Wild* von Nicolette Krebitz lebt eine junge Frau mit einem Wolf in ihrer Wohnung und verwildert dabei selbst zusehends. Wölfe und Bären, die unter Naturschutz stehen, rücken, in den letzten Jahren wird medial häufig darüber berichtet, in Mitteleuropa näher ans Stadtgebiet. Doch in der versuchten Nähe des Menschen zum wilden Tier wird etwas unterschätzt: John Berger beschreibt den Fall einer Frau, die sich sehnlich gewünscht hatte, im Londoner Zoo einen Löwen zu umarmen, und bei der Erfüllung ihres Wunsches schwer verletzt wurde. Jack Halberstam schreibt in *Rewilding*, einem Fotokatalog der Künstlerin Cass Bird, das Wilde oder die Wildnis sei eine männliche Fantasie des Ungezähmten, Chaotischen, Unkontrollierbaren. Er nennt Beispiele wie den Tierschützer Timothy

Treadwell, der von einem Bären getötet worden ist, Werner Herzogs Dokumentarfilm *Grizzly Man* aus dem Jahr 2005 handelt davon, oder den jungen Aussteiger Christopher McCandless, der Anfang der 90er Jahre nach über hundert Tagen in der Wildnis von Alaska verhungert ist. »Rewilding«, wieder wild zu werden, zu renaturieren, würde jedoch, meint Halberstam, keineswegs so etwas wie heimzukommen bedeuten oder gar wiedergeboren zu werden, sondern es würde uns der Abwesenheit, dem Verlust – vielleicht von Menschlichkeit – einen Schritt näher bringen. Der erste Teil dieser Annahme klingt ein wenig nach Rousseau, der Ende des 18. Jahrhunderts schrieb, dass »… die menschliche Natur nicht rückwärts geht und man niemals zu den Zeiten der Unschuld und Gleichheit zurückkehren kann«. Cass Bird zeigt Frauen in einer vermeintlichen Wildnis, sie sind im Aussehen, im Habitus, bei der Wahl ihrer Tätigkeiten auf diesen Fotos kaum von Männern zu unterscheiden. In der Idee vom Wildsein schlummert auch die Utopie einer Verwischung der Geschlechtergrenzen. Und lösten sie sich, wenigstens die menschlichen, weiter auf, wenn wir dies vollzögen: Tier zu werden?

Wer heute eine Fahrt mit dem Pick-up durch die Maasai Mara, das kenianische Naturschutzgebiet der Serengeti, unternimmt, mag bald bezweifeln, dass Wildnis etwas ist, das man erfahren und abbilden kann. Dutzende Geländewagen, gelenkt von schwarzen Fahrern, rasen kreuz und quer durch die Savanne, die offene Ladefläche gefüllt mit weißen Touristen in Safarihose und Camouflage-T-Shirt, den Fotoapparat mit mächtigem Teleobjektiv fortwährend im Anschlag. Auf der Suche nach dem nächsten Bildmotiv: Ein Löwe liegt im Schatten und schläft. Einige Kilometer entfernt traben drei Giraffen durchs fahle Gras, ein Pick-up braust ihnen hinterher. Später gelangt er an eine Wasserstelle, in der sich fünf Flusspferde aalen, deren Ohrenpaare aus der Brühe ragen. Krokodile haben eine junge Gazelle gerissen, die als Teil einer Herde den ruhigen Fluss an seiner flachsten Stelle hat queren wollen. Nun hängt sie mit aufgerissenem Körper halb im Wasser, halb an Land, und ein kleineres Tier wühlt in ihrem roten Fleisch, vom noch darüberliegenden Fell der Tierhaut fast ganz verdeckt. Ruhig warten die Geier in geringer Entfernung. Der Pick-up fährt weiter und hält bald wieder an. Kaum sind sie zu sehen, bis sie endlich näher kommen: Tausende Gnus, die hintereinander, in zwei oder drei Reihen, über die weite Ebene galoppieren. Es ist die Zeit der großen Tierwanderung, einmal im Jahr von Tansania nach Kenia und später wieder zurück. Eine halbe oder eine Stunde lang steht der Pick-up still und die Menschen, die darin stehen, schießen Fotos und sehen schweigend zu, wie die Gnus eine Linie ziehen, die das Gelände durchmisst. Etwas an diesen Fahrten durchs »Wildlife« ist derart konstruiert, dass nichts daran zu stimmen scheint, nicht das Verhältnis von Fahrer und Touristen, nicht dieser Blick auf die Tiere, nicht die Verkäuferinnen an den Eingängen, die ihre Tücher und ihren Schmuck anpreisen, und plötzlich bricht etwas herein – die kaum enden wollende Anzahl von vorbeifliegenden Gnus. Der amerikanische Schriftsteller Henry David Thoreau erprobte Mitte des 19. Jahrhunderts den Rückzug aus der Zivilisation in die Einsamkeit des Waldes, an jenen Ort, wo das »eigentliche, wirkliche Leben« stattfinde. In Büchern wie *Walden* oder *Ktaadn* hegte er New Englands Wildnis gleichsam literarisch ein im Stil einer genauen und sachlichen Beschreibung. Das Genre »Nature Writing« kombiniert, wie bei Thoreau, den autobiografischen Essay mit tagebuchartigen Einträgen, notiert auf Wanderungen und Erkundungsgängen durch die Natur. Das Führen eines sogenannten »Bird Watching Journal« ist im anglo-amerikanischen Raum auch bei Hobby-Ornithologen bis heute in Mode. Der Tierarzt und Ethikprofessor Charles Foster hat 2016 in *Being a Beast* beschrieben, wie er versuchte, »als Tier zu leben«, auf dem Boden kriechend, Würmer essend. Neben dem Forschungsinteresse, das auch Dian Fossey beim Leben mit den Berggorillas oder Jane Goodall bei den Schimpansen zu neuen Erkenntnissen in der Verhaltensforschung verholfen hat, liegt einer solchen Recherche wohl so etwas wie der wirklichkeitsselige Glaube zugrunde, durch möglichst naturgetreue Nachahmung etwas ganz verstehen und, übertragen auf die Verfahren der Literatur, mimetisch nachbilden zu können. Im Versuch der naturgetreuen Wiedergabe zeigt sich manchmal umso deutlicher, dass etwas fehlt. Neben Schaukästen voll von akkurat angeordneten Marienkäfern, die so etwas wie Lebendigkeit gar nicht erst simulieren, zeigen die naturkundlichen Museen in ihren Dioramen ausgestopfte Kojoten, Füchse und Tiger, vor der gemalten Landschaft der Taiga stehend, liegend oder hängend, wie festgehalten im Sprung. Bereits auf den ersten Blick ist man konfrontiert mit der Künstlichkeit dieser Inszenierung, mit den Glasaugen, den Podesten, den Nylonschnüren, all den nachträglich geformten Elementen, all den ausgebesserten Stellen, dem Staub und dem Verblassen der Farbe. Das Ich als Tier ist in den Begleittexten im Naturhistorischen Museum in Wien dann auch explizit das Tier als Ich, das zu uns spricht: »Dadurch unterscheiden wir uns‹, steht bei den Hundert- und Tausendfüßlern geschrieben, und dann wird die Anzahl der Augen, Beine, Flügel, Antennen und so weiter aufgelistet, als hätten sich die Hundert- und Tausendfüßler persönlich mit ihrer Selbstbeschreibung an die Menschheit gewandt. Wo der Mensch das Tier sprechen lässt, so wie hier im Museum, in Kinderbüchern, in Comics, ist es der Mensch selbst, der spricht. Mit verstellter Stimme erzählt er, was er denkt, wie es denn wäre, eine Fledermaus zu sein, ein Kater oder ein Käfer. Und doch könnte das Kriechen und Würmeressen, als ein produktiver Irrtum, dem Menschen zu Erfahrungen verhelfen, unerwarteten, die vielleicht stattfinden im unheimlichen Zwischenbereich dessen, was es bedeutet, Tier zu werden. Unter den Zoologen gibt es solche, die das Verhalten der lebenden Tiere in freier Natur studieren und beschreiben. Die Sprache, die manche von ihnen benutzen, ist anthropomorphisierend und prosaisch ausformuliert. Etwa Mitte des 19. Jahrhunderts schrieb Alfred Brehm über die Vögel: »Während der Zeit der Liebe unterhalten sich die Vögel, schwatzend und kosend, oft in allerliebster Weise, und ebenso spricht die Mutter zärtlich zu ihren Kindern.« Wenig später beobachtete Jean-Henri Fabre die Insekten »mitten im Leben« und verhehlte dabei nicht, wer vorher hier gewesen ist und wer wohl länger hier sein wird: »Der Kohlweißling hat nicht auf den Menschen und seinen Garten gewartet, um an den Freuden des Lebens teilzunehmen. Er hat ohne uns gelebt und hätte weiterhin auch ohne uns gelebt.« Konrad Lorenz, Anfang des 20. Jahrhunderts geboren, beobachtete das Verhalten der Graugänse; Fotos zeigen ihn, nur sein Kopf ragt aus dem Wasser, beim gemeinsamen Schwimmen mit den Vögeln. Aus der Verhaltensforschung bei Tieren zog er in den 1930er und 40er Jahren Rückschlüsse auf den Menschen, die der »Rassenpolitik« der Nationalsozialisten zuarbeiteten und an denen Lorenz bis zu seinem Tod in den späten 80er Jahren festhielt. Seit den 1990er Jahren und einem proklamierten »Animal-Turn« befassen sich die Human-Animal-Studies mit dem von Verstehen-Wollen und Missverständnis geprägten Verhältnis zwischen Mensch und Tier im Versuch, die Disziplinen von Biologie, Philosophie, Soziologie, Anthropologie und Geschichte zusammenzubringen. Hilft es, mit den Wildgänsen zu fliegen wie Selma Lagerlöfs *Nils Holgersson*, um den Flug der Vögel studieren zu können?

Menschen, die sich als »Furries« kleiden, streben es vielleicht gar nicht erst an, Tier zu werden, sondern sie wollen von vornherein das Bild von einem Tier sein, der Charakter, die Figur aus dem Comic oder dem Computerspiel. Von Kopf bis Fuß stecken sie im grell gefärbten Plüsch und Kunstfell ihres »Fursuit« und sehen darin wie riesige tapsige Stofftiere aus. Meistens sind es Jugendliche, die als Furries auf Conventions durch die Messehallen streunen und sich dabei in verschiedenen einstudierten Posen fotografieren lassen. Die jeweilige tierähnliche Figur steht dabei symbolisch für eine begrenzte Zahl an Charaktereigenschaften, die den Menschen, der schwitzend unter dem Kunstfell steckt, ausmachen oder seine Wünsche formulieren. Wer in kein Kostüm schlüpfen will, kann, wie in einen Spiegel, in die Kamera seines Mobiltelefons blicken, und der grafische Filter einer Anwendungssoftware wird sein Gesicht mit Schnurrbarthaaren und pelzigen Ohren überblenden, als trüge er eine Tiermaske. Die Fotografin Wanda Wulz hat schon in den frühen 30er Jahren des 20. Jahrhunderts in ihrem Triester Fotostudio mit fotografischen Doppelbelichtungen gearbeitet. Dabei ist die Arbeit *Io + gatto* entstanden, ein Selbstporträt, das zwischen Katze und Mensch kaum unterscheidet. Um das Treiben der Tiere längere Zeit beobachten zu können, muss man nicht mehr unbedingt auf Safari nach Kenia fahren oder durch die Wälder New Englands wandern, denn auch das Internet ist mittlerweile voll von Tieren: von Katzen, die sich zum Affen machen, von Affen, die sich am Hinterteil kratzen, von Koalabären, die beim Schlafen vom Baum fallen, von großen Tieren, die kleine jagen und umgekehrt, von Eulen, die auf Fensterbänken ihren Nistplatz haben, von dort aus den ganzen Tag zum Fenster hereinsehen und mit großen Augen auf Menschen starren. Um wie Menschen auszusehen, benötigen Tiere manchmal kaum Verkleidung, allein die Sitzhaltung und ein Hut oder ein Mantel reichen aus. Der Fotograf William Wegman porträtiert Hunde, wie Menschen porträtiert werden, auf Sesseln sitzend und frontal in die Kamera schauend. *Being Human* ist denn auch der Titel eines seiner Fotobände. Der Vorwurf der »Vermenschlichung« von Haustieren wird den Haltern entgegengebracht, die ihr Hündchen auch für den privaten Spaziergang mit Jacke und Hose ausstatten oder ihm im Hundesalon die Haare föhnen lassen. Beim »extreme pet grooming« wird das Fell der Tiere zusätzlich bunt gefärbt, teils rasiert, getrimmt oder künstlich verlängert und geschmückt. Manche sehen hinterher aus wie eine Verbindung aus mehreren Tieren, wie zum Beispiel der Hund, dessen Rumpf hinten den Kopf eines grün-blau-gelben Papageis zeigt und vorne langsam in einen pinkfarbenen Flamingo übergeht.

Aus welchen Gründen und zu welchen Anlässen bemalen Menschen ihre eigene Haut, tätowieren sie, schmücken sie? Wieso bedecken sie mit Tierfellen ihre nackte Haut, lassen Leopardenrosetten, Stromung, Tigerung, Sprenkelung, Scheckung, Streifen und Flecken auf T-Shirts drucken, tarnen sich in den Farben der Blätter und Baumrinden, ächten einmal die Muster und erheben sich ein andermal durch diese Muster zum König des Dschungels und zur Königin der Modeindustrie? Wilde Bilder aus einer domestizierten Welt schildert Katie Ryder in *The Meaning of Leopard Print*, einem Artikel in der Zeitschrift *The New Yorker* vom Mai 2017, erschienen anlässlich einer Ausstellung der Fotografin Émilie Régnier. Das Muster der Raubtiere und Wildkatzen auf Kleidungsstücken, Teppichen und Stoffen wandert, ursprünglich ausgehend von verschiedenen Regionen Afrikas, zwischen den Kontinenten, zwischen den sozialen Klassen, zwischen den Geschlechtern, zwischen Kunst und Kitsch hin und her. Es dient da wie dort als Symbol für politische Macht und Status, Männlichkeit, Aristokratie oder Kirche, es zeigt sich als Beute kolonialer Großwildjagd oder steht signalhaft für sexuelles Begehren. Was einmal als geschmacklos oder billig galt, kehrte dann wieder, ironisiert, zurück in die Modeavantgarde. Während bei Säugetieren graue, braune, weiße, schwarze, gelbe und orangefarbene Töne die Musterung des Fells bestimmen, lassen sich bei den Vögeln, Insekten oder Fischen auch Grün, Blau und ein kräftiges Rot beobachten. Seltene Exemplare von sogenannten Halbseiten-Hermaphroditen oder Gynandern bei bestimmten Vögeln und Insekten, die männliche und weibliche Zellen besitzen, weisen eine optische Zweiteilung auf: Asymmetrische Schmetterlinge mit einem braunen und einem orangefarbenen Flügel oder mit einem großen schwarz-weißen und einem kleinen schwarz-grün-gemusterten wurden gesichtet, Hühner, halb heller Hahn, halb dunkle Henne, Enten, Finken, Krabben, Käfer, Gespenstschrecken. Wie zusammengesetzt aus zwei sehr unterschiedlichen Hälften sehen sie aus, Chimären insofern auch diese. Walter Benjamin schreibt in seinen Erinnerungen an eine *Berliner Kindheit um neunzehnhundert* über die Schmetterlingsjagd des kleinen Jungen, der sich so sehr, während er ihren Flug beobachtete, mit der erwünschten Beute identifizierte, dass er selbst etwas Schmetterlingshaftes bekam und der Schmetterling etwas Menschenähnliches: »... je mehr ich selbst in allen Fibern mich dem Tier anschmiegte, je falterhafter ich im Inneren wurde, desto mehr nahm dieser Schmetterling in Tun und Lassen die Farbe menschlicher Entschließung an und endlich war es, als ob sein Fang der Preis sei, um den einzig ich meines Menschendaseins wieder habhaft werden könne.«

Maria Sibylla Merian, die Tochter jenes Kupferstechers Merian, der unsere Harpyie mit dem Vogelkopf und dem Menschenkörper so detailgetreu gezeichnet hat, reiste Ende des 17. Jahrhunderts mit ihrer Tochter nach Surinam, um die Metamorphose der Insekten zu beobachten und aufzuzeichnen. Raupen und Würmer sind in ihren Bildern zu sehen, aber auch Ameisen, Spinnen, Schlangen, Kröten, Frösche und Eidechsen, allesamt auf Früchte und Blumen drapiert und kunstvoll ins Blatt gesetzt. Auf jedem einzelnen dieser Blätter möchte Sibylla Merian die Entwicklungsstadien einer Art veranschaulichen, man sieht das Ei, die Raupe, die Puppe und das Imago, nämlich den geschlechtsreifen, adulten Schmetterling, das Bild des Schmetterlings an sich, wie wir ihn am besten kennen, weil er so für uns am sichtbarsten ist. So um die jeweilige Futterpflanze angeordnet, als würde alles gleichzeitig stattfinden und jedes seinen Platz gefunden haben, die Puppe im Blatt, die Raupe auf dem Stängel, der Schmetterling in den Blüten einer herrlich blühenden Blume. Auch die »kleinsten und geringsten Würmlein«, schrieb sie im Vorwort zu ihrem zwanzig Jahre davor erschienenen Band *Der Raupen wunderbare Verwandelung und sonderbare Blumennahrung*, hätten Gott als Schöpfer, und sie seien den Menschen in manchem überlegen, »indem sie nemlich ihre Zeit und Ordnung fleissig halten / und nicht eher hervorkommen / bis daß sie ihre Speise zu finden wissen«. Wenn man sich die Digitalisate dieser alten Originale ansieht, entdeckt man auf den abgebildeten Rückseiten der Blätter, dass die Druckerschwärze des Textes und die Farbe der Abbildungen, das fettreiche Bindemittel, durchgeschlagen ist. Die Alterung hat blasse sepiafarbene und nebelgraue Geisterpflanzen und Phantomtiere entstehen lassen, die damit vielleicht auch etwas vom Verschwinden dieser Flora und Fauna erzählen, und davon, dass uns die Bilder dieses Lebensraumes entgleiten. In Sibylla Merians Raupenbuch, das nicht in lateinischer, sondern in deutscher Sprache erschienen ist, tritt auch immer wieder die Naturforscherin als Augenzeugin in Erscheinung, die uns auf ihren Wegen durch die Natur teilhaben lässt. Unter dem Eintrag »Eichelbaum / samt der Frucht« ist beispielsweise zu lesen: »Eben solche Raupen / wie eine oben auf den zweyen Eichelblättern kreucht / haben auf jeder Seite zwey Striche / zu unterst sind sie wieder gelb gestreifft / sonst braun an der Farb ausser daß der Kopf / und der allerhinterste Leib / samt den Kläulein und Füßlein / roth. Ich hab sie bis in den September mit denselben Blättern erhalten / da sie dann zu roth=braunen Dattelkernen worden sind …«

Es gibt unter den Forschern solche, die das Objekt ihrer Beobachtung töten und mit einer Nadel festpinnen, um das Tier für die Zeichnung als Holotypus zu zeigen. Eine schematische Darstellung erhöht die Vergleichbarkeit der Arten untereinander, man erfasst so auf den ersten Blick, wo zwei Arten voneinander abweichen, was also typische Unterscheidungsmerkmale sind. Um Tiere zu fangen, benötigt man Netze, Fallen, Schlingen oder Leim, konservierende Fangflüssigkeiten und duftende Lockstoffe. Um Tiere anzulocken, hilft es aber auch, sich auf die Lauer zu legen und ihre Rufe und Laute nachzuahmen oder diese einfach als Tonaufnahmen abzuspielen. Für den Vogelfang gibt es allerlei Vogelflöten aus dem Jagdbedarf. Imitieren, anlocken, fangen und töten geraten hier in eine gemeinsame begriffliche Nähe, als hätten Neugier, Wissensdurst und Sammelleidenschaft sich mit einer Art von Vernichtungswillen gepaart, von dem die naturhistorischen Museen, die Menagerien, die Kunst- und Wunderkammern bis heute Zeugnis ablegen. Von John James Audubon ist bekannt, dass er im Furor des Anspruchs, für *The Birds of America* jede Vogelart des Landes abzubilden, auf seinen Reisen mit feinem Schrot Tausende von Vögeln geschossen hat. Er fixierte die Vögel danach mit Drähten und Schnüren, um sie in lebensähnlichen Posen, wie beim Jagen oder Fressen, zeigen zu können. Audubon malte mit wasserlöslichen Farben, Pastellkreiden und Tusche, die Kupferstiche samt Kolorierung wurden danach von einer Werkstatt angefertigt und in den Jahren von 1827 bis 1839 als Serie von je fünf losen Blättern für Subskribenten, vorerst ohne erläuternden Text, herausgebracht. Die so entstandene erste Ausgabe dieser Enzyklopädie der Vögel Amerikas hat das Format »double elephant folio« und misst in der Höhe fast einen Meter. Damit können die Vögel in Lebensgröße gezeigt werden, im Bildhintergrund dabei vereinzelt die natürliche Umgebung von Landschaft, Himmel und Wasser, die in ihrer Farbgebung selbst wieder etwas Dramatisch-Artifizielles bekommt. Auch wenn der Anspruch, die Tiere möglichst naturgetreu abzubilden, sich in der präzisen, fast sachlich anmutenden bildnerischen Gestaltung hier weitestgehend erfüllt, bleibt doch etwas, das zuvorderst künstlerisch-ästhetischen Gesetzmäßigkeiten folgt und damit eine innerbildliche Wirklichkeit erschafft: Auswahl, Bilddiagonalen, Ornamentierung, Farbkontraste, alles das baut auch mit an der Welt, wie wir sie später wahrnehmen. Zwei weiße Gerfalken mit schwarzen Flecken im Gefieder stecken bei Audubon ihre aufgerissenen Schnäbel aneinander, dahinter ist der Himmel diffus-schwarzblau wie vor einem unwirklichen Gewitter. Linné beschrieb aufgrund der variablen Gefiederfarbe noch Unterarten des Gerfalken, die heute nicht mehr voneinander abgegrenzt, sondern als individuelle Merkmale einer Art gezählt werden. Andere Vögel, die Audubon gezeichnet hat, sind mittlerweile vollständig ausgestorben und nur noch in den Bildern erhalten oder als einzelne Tierpräparate im Museum, teilweise wurden auch aus den Organen nach der Entnahme, eingelegt in Alkohol, Feuchtpräparate hergestellt. Im Naturkundemuseum in Berlin gibt es einen riesigen dunklen Raum voll von solchen Gläsern mit eingelegten kleinen Tieren, Weichteilen, Organen in gelb leuchtenden Flüssigkeiten. Abseits der öffentlich zugänglichen Ausstellungsräume befindet sich im ersten Stock ein Saal, der über und über bestückt ist mit ausgestopften Vögeln in Regalen und Laden, gefüllt mit leeren Vogelbälgen. Der Vorteil der Lagerung als Balg, also der Haut samt Gefieder, Schnabel, Füßen und Beinen, gegenüber der Dermoplastik, dem ausgestopften Tier, liegt in der platzsparenden Handhabung und in der vermeintlichen Objektivierung für den wissenschaftlichen Gebrauch, wohingegen das ausgestopfte Tier stärker eine Interpretation des Habitus mitliefert. Wenn man jedoch selbst einmal vor diesen vielen, vielen Schubladen stehen durfte, in denen diese Vogelbälge zu Hunderttausenden liegen, eins neben dem anderen, kleine Papieretiketten ans Bein gebunden mit Beschriftung, lässt einen das Bild nicht mehr los, in welchem die tote Natur und das Wort, die Schrift, die Handschrift auf Papier, für immer verbunden sind, einander physisch nah und dennoch artfremd. Die Etiketten sagen etwas über den ursprünglichen Fundort aus und über die aktuelle Zugehörigkeit zu einer öffentlichen oder privaten Sammlung, sie vermerken aber mitunter auch, was den Vögeln an inneren Organen entnommen wurde. So haben diese kleinen Begleittexte zu den Tieren die Aufgaben der Benennung, der Herstellung von Zugehörigkeit und der Berichterstattung über das, was fehlt und vielleicht verloren gegangen ist. Das ist nicht nur wissenschaftlich, das ist auch poetisch – Tier gewesen, Text geworden. Audubons *The Birds of America* gilt nach Versteigerungen einzelner Ausgaben in Auktionshäusern gegenwärtig als das teuerste Buch der Welt, somit sind die Vögel und die Kunst des Buchdrucks auch dort, in diesem Rekord, vereint. Sucht man weiter nach gegenständlichen Beziehungen von Text und Tier, kommt man zurück zu den ersten Materialien für das Schreiben, zu den Federkielen, zu den Schafshäuten für das Pergament, zu den Pinseln aus dem Haar von Nagetieren, zu den Behältnissen, wie etwa Schneckenhäuser oder Kuhhörner, zu all den Halterungen, Griffen und Stielen aus Horn, Knochen oder Elfenbein, zum Leder für die Bucheinbände und so weiter. Zu den Farben, die nicht nur aus Mineralien und Pflanzen gewonnen wurden, sondern auch aus Schildläusen, Tierknochen, Meerestieren. Tierische Bindemittel, um die Pigmente zu einer Masse zu vermengen und haftend zu machen, waren und sind dabei Milch, Eiweiß, Fett und Öl, Honig und Wachs, manchmal auch Eselsharn. Könnte, wo das Tier gleichsam alchemistisch Text geworden ist, der Text auch wieder Tier werden? Aus der Beschreibung, den Worten, den Sätzen heraus den Kopf recken, mit den Krallen scharren, die Flügel spreizen und sich erheben? Könnte die Sprache wie ein Zauberspruch sein und aus den Einzelheiten ein Ganzes bauen: »bên zi bêna, bluot zi bluoda, lid zi geliden«, wie es im *Zweiten Merseburger Zauberspruch* heißt, einer Handschrift aus dem 9. oder 10. Jahrhundert? Könnte durch Sprechen, Erzählen und Zuhören eben Verwandlung stattfinden wie durch diesen Zauberspruch, der das verrenkte Bein eines Pferdes wieder heilen möchte? Und würde sich daraufhin alles fügen, Knochen zu Knochen, Blut zu Blut, Glied zu Gliedern, wie es hier wortwörtlich heißt? Hat Linné denselben Zauberspruch angewandt, um die Art zu den Arten, die Gattung zu den Gattungen und so weiter in einem *Systema Naturæ* zu ordnen?

Werfen wir noch einmal den Blick auf Audubons Bilder, auf den *American Flamingo*, den Roten Flamingo. Er füllt beinahe das gesamte Format eines Blattes aus, richtet den Kopf ganz nach unten und berührt mit seinem schwarz-gelben Schnabel fast die eigenen pastellrosafarbenen Schwimmhäute. Sein vorderes Bein ist angewinkelt, und in paralleler Haltung hält er seinen langen roten Hals ebenso angewinkelt nach unten. Hinter dem Kirschrot des Gefieders macht sich blass-graugrün die Landschaft breit, das

Wasser, in welchem ganz im Hintergrund noch einmal zart und schemenhaft drei Artgenossen sich abzeichnen. Wie rot ist dieser große Rote Flamingo und wie klein ist sein schwarzes Knopfauge da. Der amerikanische Maler Walton Ford, Jahrgang 1960, hat den Flamingo von Audubon für eine seiner großflächigen Malereien wieder aufgegriffen. Er hat das Ausgangsmotiv umgedreht, sodass der Schnabel nun nach oben zeigt und die Beine grotesk verdreht sind wie in einer unmöglichen Yogastellung. Der Flamingo bekommt dadurch nicht nur den Ausdruck eines, wie bei Audubon, entrückten, sondern eines partiell zerstörten Tiers. »All my ideas come from books«, antwortete Walton Ford im Interview, seine Ideen kämen aus Büchern, von Museumsbesuchen, aber nie aus der Beobachtung in der Natur. Tiere, fügte er an, seien nie bloß Tiere, sie seien immer auch Symbole für etwas, wie Freiheit, wie Aggression, wie Lust. Tiere, unter den Bedingungen des Betrachtet-Werdens durch den Menschen, müsste man vielleicht hinzufügen, ohne dass der Mensch mit der Erwiderung des Blicks rechnet. Das aber meint Donna Haraway, wenn sie von Respekt füreinander spricht, dem lateinischen »respicere«, zurückblicken, und der begrifflichen Nähe zur »species«, die sowohl die Art und die Gestalt meint, wie auch den Anblick. Und auch sie erzählt Derridas berühmt gewordene Badezimmerszene nach, in welcher er berichtet, wie er nach dem Duschen, wie jeden Morgen, vor seiner Katze steht und sich plötzlich für seine Nacktheit vor dem Tier schämt. Derrida beschreibt in *Das Tier, das ich also bin* ein solches mögliches Kreuzen der Blicke als Paradigmenwechsel im philosophischen Diskurs, in welchem der Mensch, der über das Tier nachdachte, sich aber nie »vom Tier gesehen« sah. Eine der Ausnahmen bildet vielleicht Montaigne, der den Menschen selbst als »ausgesetztes Tier« beschreibt und in seinen *Essais*, erschienen 1580, fragt, ob, wenn er mit seiner Katze spiele, nicht vielmehr die Katze mit ihm spiele. John Berger wiederum spricht in *Warum sehen wir Tiere an?* davon, dass erst mit Descartes' Idee vom Tier als »Automaten« ohne Seele und Vernunft, erst mit den Prozessen von Kolonialisierung und Industrialisierung das Tier im Kapitalismus aus dem gemeinsamen Lebensumfeld verdrängt und zum Zoobewohner degradiert worden sei. Es habe einen Blick gegeben zwischen Mensch und Tier, der »ausgelöscht« worden sei. Vielleicht lohnt der Versuch, dieses Blicken wieder zu erlernen? Und der Blick auf das Tier, das gezeichnet und beschrieben worden ist, das erfunden worden ist, ist ein medial vermittelter – und doch zeigt sich darin etwas so unmittelbar: Unser Blick auf uns selbst, unser Blick auf die Welt, und wie er sich formt im Lauf der Zeit, und schließlich die Hoffnung auf die Möglichkeit, dass die Blicke erwidert werden.

Wir streifen durch die Landschaft, fallen jäh in ein Loch im Boden, stürzen tiefer, dringen vor bis zum Erdmittelpunkt. Um uns festzuhalten, greifen wir nach den Zotteln eines gewaltigen Urviehs, das dort unten wohnt. Es hat drei

Köpfe, einer rot, einer weiß, einer blau-schwarz mit den Hörnern eines Widders und den Ohren eines Schweins. Seine drei Mäuler sind weit aufgerissen, sodass man die spitzen Zähne sehen kann, an denen noch Blut klebt. An den Zotteln seines braunen Fells halten wir uns fest, angsterfüllt und voller Neugier, und klettern so tiefer und tiefer, bis wir am gegenüberliegenden Punkt des Erdballs endlich herauskommen, das Tageslicht sehen, auch hier, wie dort, den blauen Himmel. Die Beine des Urviehs ragen verkehrt herum riesenhaft aus dem Loch heraus, dem wir soeben entstiegen sind und nun von dannen ziehen. So wie es uns Dante und Vergil in der *Divina Commedia* vorgemacht haben; in der Biblioteca Apostolica Vaticana sind die mehr als 500 Jahre alten farbenprächtigen Bilder dieser waghalsigen Reise erhalten.

Wieder ruft ein Kuckuck, ein- oder zweimal, bis er verstummt. Das Kind aus dem Nachbarhaus, das am Anfang noch quengelte, ist jetzt im Garten draußen und spielt mit Schnecken. Es fasst sie an den Häusern und stellt sie hinter einer gedachten Linie nebeneinander auf, damit sie ihr Wettrennen beginnen können. Ganz still baut es seinen Parcours, der die Schnecken über die glatte Fläche eines großen Steins leiten soll. Wir sitzen im Hof nebenan und hören bald ein beinah quietschendes Japsen, das einer winzigen neugeborenen Katze gehören könnte, nur ist es leiser und scheint damit von weiter weg zu kommen. Als wir den Kopf drehen, zum Rosenstrauch hin, wo erst drei oder vier

Blüten aufgegangen sind, sehen wir eine Hummel, die das Innere einer Blüte verlässt, und wir hören, dass das vormalige Quietschen nun das Brummen eben dieser Hummel ist, das durch den Trichter der Rosenblüte so verzerrt und verändert klang. Es ist Sommer, und das Jahr wird sich noch wandeln.

Penguin Random House Verlagsgruppe FSC® N001967

1. Auflage
Genehmigte Taschenbuchausgabe Oktober 2021
btb Literaturverlag in der Penguin Random House Verlagsgruppe GmbH,
Neumarkter Straße 28, 81673 München
© Wallstein Verlag, Göttingen 2018
Umschlaggestaltung: semper smile, München,
nach einem Entwurf von und mit Schreckzobel von Wolfgang Gosch
und Teresa Präauer
Druck und Einband: GGP Media GmbH, Pößneck
cb · Herstellung: sc
Printed in Germany
ISBN 978-3-442-71910-5

www.btb-verlag.de
www.facebook.com/btbverlag

Teresa Präauer
Das Glück ist eine Bohne
und andere Geschichten

312 S., 6 farb. Abb., geb.,
mit farbigem Vorsatz
und Leseband
ISBN 978-3-8353-3948-4

Diese Geschichten entwerfen ein Panorama der Gegenwart. Bunt schillernd, scharf konturiert und auf famose Weise ein kaleidoskopisches Ganzes ergebend.

»Ganz kurze Texte, die einen schockverliebt in die Sonne blinzeln lassen.«
Marie Schmidt, Süddeutsche Zeitung

www.wallstein-verlag.de

Nava Ebrahimi

Sechzehn Wörter

Roman

320 Seiten, btb 71754

Ingeborg-Bachmann-Preisträgerin 2021

Als ihre Großmutter stirbt, diese eigenwillige Frau, die
stets einen unpassenden Witz auf den Lippen hatte,
beschließt Mona, ein letztes Mal in den Iran zu fliegen.
Gemeinsam mit ihrer Mutter wagt sie die Reise in die
trügerische Heimat. Die Fahrt wird für Mona zu einer
Konfrontation mit ihrer eigenen Identität und ihrer
Herkunft, über die so vieles im Ungewissen ist.

»Grandioser Debütroman.«

taz

»In Zeiten aufgeregter Kulturkampf-Rhetorik ist diese
neue Erzählstimme eine Wohltat.«

DLF Büchermarkt

btb

Marie Gamillscheg

Alles was glänzt

Roman

224 Seiten, btb 71899

Österreichischer Buchpreis für das beste Debüt 2018

Marie Gamillscheg nimmt den Leser mit in eine
allmählich verschwindende Welt. Vielstimmig und
untergründig erzählt ihr Debüt von einer kleinen
Schicksalsgemeinschaft im Schatten eines großen Bergs,
von Strukturwandel und einem Ungleichgewicht in der
Natur, vom Glanz des Untergangs wie des Neubeginns.

»Eine der aufregendsten jungen Stimmen der
deutschsprachigen Literatur.«
SPIEGEL ONLINE

»Man darf gespannt sein, was diesem glänzenden
Debüt folgt.«
Deutschlandfunk

btb